AF423795

Nous, les vieux de la vieille !

SARAH-LYNE ISHIKAWA

NOUS, LES VIEUX DE LA VIEILLE !

Première édition :
© M-F-P, Mai 2016
Pour la présente édition :
© M-F-P, Mai 2016

ISBN 979-10-95309-15-4

NOTE DE L'AUTEUR

Ce livre est une œuvre de fiction. Les noms et les personnages sont le fruit de l'imagination de l'auteur. Toute ressemblance avec des personnes réelles, vivantes ou mortes, serait une pure coïncidence

À Éric, que la maladie a emporté alors qu'il était encore dans ses plus belles années de vies.

À ceux qui se retrouvent seuls pour de multiples raisons

Jean Bizuel sortit de chez lui à quatorze heures comme chaque jour, lorsque le temps à l'extérieur le lui permettait. Il était à la retraite depuis de nombreuses années maintenant et n'avait pas grand-chose à faire. Aussi, il se rendait au parc de la ville comme tous les après-midi. Il y avait un grand lac, et même une plage où les jeunes se baignaient parfois l'été. Il avait longtemps hésité avant de sortir ce jour-là. D'habitude, il retrouvait son ami Yves. Mais cette fois, il savait qu'il ne le reverrait plus jamais. Cette fois, il serait de nouveau seul. Il ne l'avait pas connu très longtemps, mais il lui manquait terriblement. C'était dorénavant un grand vide sans lui chaque jour qui passait.

Tandis qu'il marchait lentement avec sa canne, une mère de famille passa devant lui avec sa fille en vélo. Ils lui dirent bonjour et continuèrent leur route. Sans doute qu'ils allaient faire le tour du lac en vélo. Il faisait beau.

Jean se dirigea aussitôt vers le banc sur lequel il avait l'habitude de s'assoir avec Yves. Il y trouva la même personne un peu plus loin, probablement du même âge que lui. Il l'apercevait souvent à cette heure-là, sur le banc situé un peu plus loin. D'habitude, celui-ci avait un petit chien blanc en laisse. Cette fois cependant, il y avait bien la laisse, mais il n'y avait rien au bout. Ce qui l'intrigua au premier abord. Il se demanda si celui-ci n'avait pas oublié son chien. À moins qu'il n'ait tout simplement perdu la tête... La vieillesse faisait faire des choses étranges parfois. Il l'observa un bon moment avant de finalement de lui adresser la parole.

— Je ne voudrais pas vous faire peur, mais il me semble qu'il manque quelque chose au bout de votre laisse !

— Je sais, lui répondit simplement celui-ci d'une voix monotone en ne lui jetant pas même un seul regard.

— Ah bon. Si vous le savez alors, il n'y a pas de problème.

— Eh vous ? demanda André. Où se trouve donc votre acolyte qui se trouvait souvent assis avec vous ? Et avec qui vous rigolez tout le temps ?

— Il ne viendra plus, répondit Jean en baissant la tête.

— Mon Toby, non plus ne viendra plus, si vous voulez tout savoir. Il est parti au ciel la semaine dernière. Il m'a abandonné. Je me retrouve seul.

— Pourquoi ne pas en reprendre un autre ?

— Après c'est moi qui partirais avant lui, et que deviendra-t-il dans ce cas ? Si c'est pour qu'il se retrouve au refuge… Non merci.

— Alors vous promenez la laisse ? demanda Jean.

— C'est une habitude de la prendre maintenant. Et vous ? Vous avez largué la personne avec qui vous étiez en compagnie habituellement ?

— Non. Mon ami aussi est monté au ciel. Je suis allé à son enterrement la semaine dernière, répondit Jean.

— Désolé pour vous. Alors, espérons qu'ils se retrouvent ensemble. Ils seront moins seuls.

— Espérons-le.

— On se retrouve comme deux couillons totalement seuls maintenant, continua André.

Des jeunes adolescents passèrent en chahutant devant eux. Ils avaient l'air joyeux et profitaient de l'insouciance de la jeunesse. Les deux hommes les observèrent.

— Ah la jeunesse ! fit André. Totalement insouciantes.

— Ils ont intérêt à bien en profiter. Parce qu'une fois qu'ils auront atteint notre âge, ce sera fini, dit Jean.

— C'est clair. Ces petits jeunes, on leur bourre le crâne pour qu'ils travaillent à l'école, afin d'avoir un travail et une bonne retraite. Le résultat, c'est que même si tu as la chance d'avoir travaillé toute ta vie, tu touches des clopinettes après.

— C'est clair, répéta Jean. Avant on travaillait pour avoir une meilleure situation, maintenant on travaille pour survivre. Je m'appelle Jean Bizuel.

— Moi André Malvau.

— À ce que je vois, on a tous les deux des noms qui datent de la préhistoire ! s'exclama Jean en riant.

— C'est normal ! Nous, on est les vieux de la vieille !

— À qui le dis-tu ! J'approche les quatre-vingts ans tout de même !

— Moi soixante-dix-neuf.

Le groupe d'adolescents repassa encore une fois tout aussi bruyamment. Cette fois ils étaient accompagnés de jeunes filles. Ils étaient visiblement sous le charme de celles-ci.

— Moi aussi à l'époque je draguais les jeunes filles, dit Jean.

— J'étais un chaud lapin quand j'étais jeune. Je réussissais à m'en dégoter une, presque chaque week-end !

— Eh bien, tu as dû en avoir des pleurs.

— Oui, certaines étaient plutôt collantes ! Elles voulaient déjà fonder une famille. Mais moi je voulais profiter de la vie !

Une jeune femme passa rapidement devant eux. Jean se pencha soudain comme si il voulait voir ses fesses. Elle s'en aperçut et s'en offusqua.

— Vous n'avez pas autre chose à faire vieux pervers ! leur cria-t-elle.

Ils se mirent à rire à l'unisson.

— On n'est pas des pervers ! répondit André. Nous, on est les vieux de la vieille ! En non, on n'a rien d'autre à faire !

La jeune femme haussa les épaules et partit rapidement. Ils se mirent à rire encore une fois.

— Ça fait vraiment longtemps que je n'avais pas ri autant ! s'exclama André.

— Ça fait vraiment du bien !

— À qui le dis-tu ! confirma Jean en essuyant une larme.

— Je suppose que toi aussi tu vis seul ? demanda André.

— Comme la plupart des vieux cons comme nous. C'est bien la peine de faire des enfants. Une fois qu'ils quittent la maison et qu'ils fondent une famille, ils larguent totalement les parents. Ma femme est morte il y a deux ans, d'un cancer.

— Moi de même, sauf qu'elle a eu une crise cardiaque, dit André. Mes enfants m'ignorent totalement depuis mon divorce.

— Ce n'est pas normal, dit Jean. On a bossé comme des cons, on construit une famille et on se retrouve comme ça à finir notre vie en se faisant chier comme pas deux.

— Oui, on nous rejette, on nous traite de gravats ou on nous ignore. Super la fin de vie ! Alors qu'on pourrait en profiter un max. Puisqu'on ne travaille plus.

— Ils attendent tous qu'une chose, qu'on passe l'arme à gauche pour récupérer ce qui a d'intéressant à prendre.

— Oui, confirma André. C'est typiquement Français. Dans d'autres pays, les vieux sont vénérés et on les sert comme des petits princes. On pleure leurs morts pendant des jours !

— Ici, ils font des économies de mouchoirs. C'est vrai quoi ça revient chère maintenant ! Avec la TVA et toutes leurs taxes, et leurs impôts !

Ils se mirent à rire une nouvelle fois.

— C'est dommage que l'on ne se soit pas connu avant. Je suis sûr que nous aurions passé de sacrés moments avec Yves, continua Jean.

— On a qu'une vie, alors mieux vaut rire que de pleurer.

— Encore faudrait-il trouver les moments et les endroits pour rire, à notre âge.

Les jeunes repassèrent en chahutant de plus belle. L'un d'eux poussa un autre qui faillit tomber sur André. Il se rattrapa à temps contre le rebord du banc.

— Désolé Papy ! fit celui-ci en se relevant et en retournant rapidement vers les autres.

— C'est ça la jeunesse. Ça ne respecte plus rien, fit Jean en les regardant s'éloigner.

André baissa la tête et aperçut un objet brillant à ses côtés.

— Tiens, ce petit con a fait tomber quelque chose on dirait.

Il se baissa difficilement et ramassa un portable.

— Ou là, c'est un portable dernier cri ! s'exclama Jean.

— On dirait bien. Ils ne s'en font pas nos jeunes de nos jours ! On n'avait pas tout ça nous, à notre époque !

— Il paraît qu'on peut aller sur internet avec maintenant.

— Tu crois qu'on a accès à des trucs cochons ? Avant c'était galère il fallait aller au cinéma ou acheter des revues cochonnes sans se faire prendre.

André pianota sur le portable et fit soudain des gros yeux.

— Oh ! Je crois que ce petit saligaud n'a pas besoin d'aller sur le net. Regarde !

André lui présenta le portable. Jean fit de gros yeux.

— Oh, le vilain ! Ça s'amuse fort on dirait !

André fit défiler les photos.

— Eh regarde celle-là ! Elle est top !

— Oh, la vache ! s'écria Jean. Ils ne s'en font vraiment pas nos jeunes d'aujourd'hui ! Franchement ! Je comprends qu'ils aient l'air si joyeux avec leur portable !

— Je sais ou passe tous les mouchoirs qu'ils devraient utiliser pour pleurer notre mort maintenant ! fit André.

Ils éclatèrent de nouveau de rire.

Ils regardèrent les autres photos une par une et riaient de plus belle à chaque fois. Jean n'en pouvait plus et s'essuyait constamment les yeux.

— Regarde-moi celle-là !

— Sublime !

Soudain André éteignit le portable et regarda devant lui. Les jeunes revenaient et visiblement étaient en train de chercher quelque chose au sol.

— Merde ! Finis les amusements, dit Jean.

— C'était trop beau pour que ça dure !

Le jeune s'arrêta devant eux et aperçut son portable dans les mains d'André.

— Merci, Papy d'avoir retrouvé mon portable ! fit celui-ci.

— De rien jeunot ! répondit celui-ci en lui tendant le portable avec un grand sourire.

Le jeune le prit en le remerciant une nouvelle fois et rejoignit les autres en courant.

André se mit soudain à rire. Jean fit de même. Le jeune qui les avait entendus se retourna rapidement et les regarda avec étonnement. Ils éclatèrent encore plus de rires en apercevant celui-ci non seulement rougir, mais qui semblait visiblement gêné.

— Je crois qu'il a compris ! fit Jean en riant de plus belle.

André leva son pouce dans sa direction. Il les regarda totalement surpris et finalement leva son pouce lui aussi et leur sourit. Jean et André firent de même.

— Ils ne sont pas tous cons ces jeunes finalement, dit André.

— Non. Pas tous con !

— Cela faisait vraiment longtemps que je n'avais pas ri autant comme ça, dit André.

— Moi non plus, dit Jean.

— On devrait remettre ça plus souvent.

— Oui au moins le temps qu'il nous reste à vivre ! fit Jean.

— Tu as raison, il doit me rester même pas deux ans à tout cassé.

— Moi de même.

— On ne devrait pas finir notre vie comme deux vieux croutons, protesta soudain André. On devrait rire et s'amuser !

— Tu as raison ! Ce n'est pas parce que nous on est les vieux de la vieille qu'on ne doit pas en profiter nous aussi !

— Exactement ! s'écria André.

— On devrait se rebeller ! Nous aussi on a le droit de s'éclater ! continua Jean.

— On devrait faire comme les jeunes ! S'éclater !

— Et si l'on faisait comme lorsque l'on était jeune ? Maintenant qu'on ne travaille plus, ce serait vraiment con de ne pas en profiter !

— On n'a qu'à faire mieux ! Faire comme les jeunes d'aujourd'hui ! proposa André. Ce sera plus moderne !

— À oui ! Ça, ça serait beaucoup plus amusant ! admit Jean. Mais qu'est-ce qu'ils font les jeunes d'aujourd'hui ? Je veux dire à part regarder des photos cochonnes ?

— Eh bien… commença André. On n'a qu'à les observer pendant une semaine. On note tout ce qu'on découvre et on avisera par la suite.

— C'est comme si on avait des devoirs ! fit Jean en souriant.

— On se fait une liste et on la compare ensemble. On se retrouve dans une semaine au parc à la même heure.

— Préparez-vous ! Nous, les vieux de la vieille, on arrive ! cria Jean en levant sa canne.

Les quelques passants les observèrent subitement se demandant certainement ce qui était en train de leur arriver. Ils se mirent à rire de nouveau et se levèrent pour prendre le chemin du retour. Ils rirent encore tous le long de la route jusqu'à ce que chacun prenne leur propre chemin pour rentrer chez eux.

2

Chacun s'évertua à prendre des informations pendant la semaine qui suivit. André suivit un groupe de jeunes au supermarché de la ville en évitant de se faire repérer. Il les surprit même en train de voler des sachets de bonbons. Il prit des notes sur son carnet.

Jean lui, épia ceux qui attendaient le bus. Il regarda l'un des jeunes tenter de draguer l'une des jeunes filles. Il prit des notes également. Il aperçut un jeune passer en voiture avec la musique à fond. Il reprit des notes.

Tous deux regardèrent également la télévision à la recherche d'informations. André en rentrant par le parc entendit des fillettes parler.

— Samedi je fais une pyjama parti ! disait l'une tu peux demander à ta mère si tu peux venir ?

— Géniale on va s'éclater !

— C'est quoi une pyjama parti ? leur demanda André carnet en main.

La fillette se retourna vers lui visiblement surprise.

— Eh bien tu sais, c'est quand on invite plein de copines et qu'on se met tous en pyjamas. On reste éveillé presque toute la nuit. On peut faire les folles et mettre la musique à fond. On mange ce qu'on veut comme un tas de bonbons ! On se raconte des histoires de filles, ou on se regarde des films et on danse !

— Ah, ça l'air vraiment bien !

— C'est cool tu veux dire ! s'écria la petite fille en rejoignant les autres.

André prit des notes. Il retrouva Jean comme convenu une semaine après. Ils ouvrirent leur carnet et partagèrent leur découverte.

— Une pyjama parti ? demanda Jean. J'avoue que je n'y aurais jamais pensé. C'est vrai que c'est très à la mode en ce moment chez les jeunes. Dans le temps on n'avait pas droit à tout ça nous. Il fallait filer droit et travailler ! Où est-ce que cela se fait ce genre de truc ?

— On n'a qu'à la faire chez moi. Ce n'est pas grave si on est que deux. On s'amusera tout autant.

— Et pour la musique à fond et les films ?

— J'ai ma petite idée, dit André. Je vais acheter un ordinateur avec tout ce qui va avec. On pourra aller sur internet, voir des films et même écouter la musique à fond ! C'est comme ça qu'ils font les jeunes maintenant. Ordinateur et portable !

— Reste à prévoir les bonbons.

— Eh bien, on va chacun notre tour au supermarché et on fait comme les jeunes. Je les ai vu faire, je t'explique et on se retrouve ici avec tout notre trésor.

— Entendu.

Ils se séparèrent de nouveau. Jean se rendit au supermarché. Il prit quelques articles sans importance avec des jus de fruits, mais réussit à mettre plusieurs paquets de bonbons dans ses grandes poches tout en scrutant les alentours. Mais il sursauta à la vue d'une petite fille qui le regardait avec étonnement.

— C'est pour faire une pyjama parti avec mon ami, lui souffla-t-il doucement en mettant sa main devant sa bouche.

La petite fille lui sourit et leva son pouce droit pour dire Ok. Il se fit des sueurs froides au passage de caisse. Comme il s'y attendait, personne ne l'intercepta.

— Finalement, il n'y a pas que des désavantages d'être vieux, fit-il en sortant rapidement du supermarché en soupirant de soulagement.

André quant à lui, commanda un ordinateur et se le fit installer directement chez lui.

Un jeune se présenta et commença l'installation de celui-ci avec tous les branchements. André lui tourna autour observant tout ce que celui-ci était en train de faire. Finalement, il se lança.

— Dites-moi jeune homme, vous pourriez me montrer comment on fait pour aller sur des sites un peu spéciales ? lui demanda André en continuant de l'observer attentivement.

— Quel genre de site ? lui demanda-t-il en continuant de brancher des fils.

— Eh bien, des sites de votre âge quoi !

— Ça dépend ce que vous voulez monsieur. Demandez-moi et je vous installe tout ce que vous désirez. Je suis payé pour ça, alors profitez-en ! Je peux même vous enregistrer les liens sur votre bureau, comme ça vous n'aurez juste qu'à cliquer dessus pour y accéder.

— Vous pouvez faire ça ?

— Oui Monsieur ! s'écria celui-ci avec une fierté non dissimulée.

— Alors je veux pouvoir voir des tas films gratuits ! Nos retraites ne sont pas grosses, vous savez et…

— En streaming alors ?

— C'est ça ! Et pouvoir écouter aussi la musique à fond !

— Oui avec ce que vous avez pris, je vous garantis qu'en mettant la musique à fond vous allez décoiffer tous les voisins des environs !

— Et vous pouvez aussi me mettre sur des sites cochons ? finit-il par demander en se frottant de menton.

Le jeune homme parut surpris sur le moment, et le regarda en se demandant si sa demande était vraiment sérieuse. Il se mit à rire finalement.

— C'est vous qui décidez Monsieur, répondit le jeune homme en souriant.

— C'est parfait alors ! s'écria André en se frottant les deux mains.

— Très bien, je vous mets les icônes sur le bureau comme ça vous n'aurez plus qu'à cliquer dessus. Sinon je vous mets la barre de recherche également et vous tapez dessus avec le clavier ce que vous recherchez. Vous aurez accès à tout un tas de sites. Il suffira juste de cliquer dessus pour y accéder.

— Cool ! fit André en se frottant une nouvelle fois les mains. Je vais faire une pyjama parti avec mon ami. Alors on a besoin de s'éclater !

Le jeune homme se retourna et l'observa un moment en fronçant les sourcils.

— D'accord… fit celui-ci.

— Je sens qu'on va bien se marrer ! fit André en se frottant une troisième fois les mains.

— Je n'en doute pas. Voilà tout est prêt. Si vous avez le moindre problème, je vous laisse un numéro de téléphone gratuit que vous pouvez utiliser autant que vous voulez. Une personne vous dépannera.

— Merci jeune homme !

— Y a pas de quoi, c'est mon travail.

André le raccompagna à la sortie. Il regarda l'heure et prit sa veste. Il avait largement le temps d'aller faire un tour au supermarché lui aussi pour subtiliser quelques trucs à manger. Il réussit à prendre quelques paquets de chips et quelques bonbons et acheta lui aussi quelques boissons. Mais un petit garçon l'aperçut et n'arrêtait pas de l'observer.

—Chut, lui dit-il. C'est pour faire une pyjama parti avec un ami. C'est un secret entre nous. On n'a pas beaucoup d'argent nous les vieux.

Le petit garçon lui sourit et mit son doigt devant sa bouche en souriant avant de repartir rejoindre sa mère.

André retrouva ensuite Jean au parc le lendemain avec ce qu'il avait pu glaner.

— Alors ? demanda André à Jean.

Celui-ci lui présenta son sac.

— Pas mal ! fit André.

— Et toi ? demanda Jean.

André lui présenta également le sien.

— Ou là ! Ça promet ! dit Jean. On va s'en mettre plein la panse !

— On le fait quand ? demanda André. Tout est prêt chez moi.

— On est samedi aujourd'hui ! C'est bien le jour où les jeunes sont censés faire la fête ?

— Alors ce soir ! s'écria André.

— On se retrouve ce soir donc.

Ils partirent chacun de leur côté.

André venait juste de finir de préparer la table lorsque Jean se présenta devant la porte. Il le fit entrer et ils s'installèrent devant l'ordinateur. Ils déballèrent tout leur bonbon sur la table et ouvrirent tous les sachets.

— Bonjour le cholestérol après ça ! fit Jean.

— À notre âge de toute façon qu'est-ce qu'on risque à par rejoindre nos amis respectifs ! lui lança André.

Ils se mirent en pyjamas rapidement et André alluma l'ordinateur.

— Je propose qu'on commence par des trucs cochons, pour rigoler et ensuite on met la musique à fond. Pour les films on aura tout le temps demain.

Ils prirent position devant la petite table et commencèrent à manger différents bonbons. André faisait défiler les photos et ils rirent de bon cœur sur chaque photo en émettant parfois des commentaires.

— Oh, regarde celle-là !

— Et puis celle-là !

— Oh, non de Dieu ! Elles se sont vraiment dévergondées les filles d'aujourd'hui !

André se leva soudain et prit la télécommande.

— C'est cool les nouvelles technologies. Je peux même utiliser la télécommande pour régler la musique. J'ai demandé au petit jeune de me mettre de la musique actuelle et d'autres stucs dont tu me diras des nouvelles. Prépare-toi, ça va décoiffer !

Jean se leva difficilement et attendit.

André commença à mettre la musique et augmenta le son de plus en plus fort.

Ils se mirent à crier et à danser autant qu'ils purent. En buvant des jus de fruits et en grignotant des bonbons. Ils ne prirent même pas attention au coup que certains voisins faisaient dans le mur de temps en temps. Ils n'entendirent même pas la sonnerie du téléphone.

Ils continuèrent de danser, de hurler, et mangèrent plein de bonbons en criant et en gesticulant autant qu'ils purent pendant une bonne partie de la nuit.

— C'est pas un peu finit les vieux ? entendirent-ils soudain.

— Les vieux, ils t'emmerdent ! cria André.

— D'abord, nous, on est les vieux de la vieille ! cria Jean aussitôt.

Ils se mirent à rire et à danser encore plus. Cela dura un bon moment jusqu'à ce que la sonnette de la porte d'entrée retentisse suivi par des coups violents. Ce qui les arrêta net.

— Je crois qu'il y en a qu'ils veulent profiter de notre petite fête ! dit André.

— Police ! Veuillez ouvrir la porte s'il vous plaît !

Jean et André se regardèrent. Puis ils éclatèrent de rire.

— Je crois que notre pyjama partie va s'arrêtera là ce soir.

— Ce n'est pas grave, on s'est déjà bien éclaté ! dit Jean en tentant de reprendre son souffle.

André se dirigea vers la porte et regarda par l'oreillette. Constatant qu'il s'agissait bien de gendarmes, il ouvrit lentement la porte et les fit entrer.

— Messieurs ! fit le premier gendarme en les observant et en jetant un œil dans les alentours. Les voisins se plaignent du bruit que vous faites depuis des heures. D'ailleurs, ils semblent étonnés, car cela ne vous ressemble pas.

— On s'amusait nous ! dit André. C'est tout. On ne faisait rien de mal.

— Oui, on a fait une pyjama parti ! répondit Jean.

— Vous avez bu ? demanda soudain le gendarme en fronçant les sourcils.

— Non, pas une goutte d'alcool dans une pyjama partie, répondit André. C'est la règle. On n'a mangé beaucoup de bonbons et on n'a bu que des jus de fruits.

— Des bonbons ? demanda le premier gendarme qui constata en effet tous les sachets de bonbons sur la table et seulement des jus de fruits.

— Vous pouvez baisser ou éteindre ça ? demanda le deuxième gendarme.

André prit la télécommande et baissa considérablement le son.

— Ce serait bien que vous arrêtiez là pour ce matin, fit le premier gendarme. Et à l'avenir, si l'envie vous prenait de vouloir encore jouer aux jeunes, allez dans un lieu exprès pour ça !

— Un lieu exprès ? Quel lieu ? demanda André vivement intéressé.

— Oui, dans une boîte de nuit par exemple ! répondit le gendarme avant de sortir.

Ils fermèrent la porte. Jean et André se regardèrent en souriant.

— Une boîte de nuit ! dit André. Pourquoi on n'y a pas pensé plus tôt ?

— Cool ! fit Jean. Je sens qu'on va bien s'amuser encore !

Ils finirent la soirée plus calmement en regardant divers films. Ils se réveillèrent tard en fin de journée avec bon nombre de courbatures.

— Ça ne nous arrange pas de jouer aux jeunes, fit Jean en s'étirant autant qu'il put.

— On a perdu l'habitude c'est tout, dit André. Il va nous falloir de l'entraînement.

— C'est clair qu'on s'est drôlement rouillé avec les années.

— Va falloir remédier à cela.

— On fait comment maintenant ? On ne pourra plus faire la java tous les week-ends avec les voisins, soupira Jean. Pour une fois que l'on commençait enfin à s'amuser.

— On n'a qu'à suivre les conseils des gendarmes, proposa André.

— Quoi, tu veux rire ? Tu veux allez en boîte ?

— Ben oui ! Après tout, c'est pour les plus de dix-huit ans non ? On les a largement, il me semble ! Nous à par les soirées dansantes on n'avait rien de tout ça ! C'est quand même plus moderne. Ce serait vraiment con de ne pas y avoir été avant de passer l'arme à gauche !

— Ils vont se moquer de nous là-bas ! rétorqua Jean.

— Et alors ? Depuis quand le ridicule tue ! Ce n'est pas une fois là-haut qu'on fera tout ça ! Et puis ce sera le meilleur moyen de voir ce que font les jeunes aujourd'hui. On pourra les observer de près.

— C'est vrai, tu as raison. Mais on ira comment là-bas ?

— On prendra un taxi pardi ! Comme ça on pourra même se saouler cette fois ! Il nous ramènera.

— Je sens qu'on va bien s'amuser ! fit Jean en se frottant les mains. En plus y aura certainement plein de petites jeunettes à mater !

— Oui, mais pas touche, parce que là je ne pense pas que les jeunes seraient d'accord ! Ils ne partagent pas vraiment, si tu vois ce que je veux dire.

— Juste avec les yeux, dit Jean.

— Oui, juste avec les yeux. Parce que certains, une fois éméchés semblent vraiment violents. Il y a souvent des bagarres à la sortie des boîtes de nuit. Il faudra que l'on soit quand même vigilant.

— Et bien s'ils croient qu'ils me font peur, ils se mettent   le   doigt   dans   l'œil !

3

Le taxi les déposa directement devant la boîte de nuit. André et Jean firent la queue sans prêter aucune attention aux divers regards d'étonnements et de surprises qu'on leur jetait.

— T'as vu ça ? dit Jean en riant. Le taxi nous a demandé plusieurs fois si c'était bien à cette adresse que l'on voulait aller.

— Oui, comme si on ne connaissait pas notre chemin ! répondit André.

— Tiens ? Ce n'est pas le petit jeune du portable devant nous ? demanda soudain Jean.

— Si, on dirait bien, répondit André en l'observant lui aussi.

— Comme quoi, il suffirait de les suivre pour en apprendre plus sur leur passe-temps favori.

Le jeune fouilla dans ses poches pour chercher son argent et ceux qui étaient avec lui entrèrent rapidement.

— T'as pas dix-huit ans toi ? lui demanda le vigile. Si t'es pas accompagné d'un adulte, tu ne peux pas rentrer !

— Moi ? Mais j'étais avec ceux devant !

— Ben voyons, ils disent tout ça !

— Il est avec nous ! dit soudain André en s'approchant. Ça vous pose un problème ?

Le vigile les observa un moment avec un regard interrogateur.

— Vous ?

— Oui, et alors ? On a bien le droit d'accompagner nos petits-enfants pour s'éclater nous aussi ! On a dix-huit ans depuis longtemps. C'est pas la peine que je sorte ma carte d'identité ?

Le vigile les laissa entrer non sans leur jeter un regard suspicieux. Une fois à l'intérieur, le jeune les remercia chaleureusement et rejoignit ses copains. Jean et André prirent place à une table pour observer tout ce petit monde. La musique battait son plein et ils durent hausser la voix pour se faire entendre.

— Brave petit, dit André.

Jean et André se mirent sur le côté et regardèrent la piste de danse avant de s'y jeter eux aussi. Ce qui en amusa plus d'un. Certains s'écartèrent en premier lieu. Puis finalement le groupe de jeunes auquel appartenait celui du portable les rejoignit en dansant.

— Moi, c'est Lucas ! leur dit-il.

— Jean et lui c'est André ! leur cria Jean.

— C'est la première fois qu'on voit des papys dans une boîte de nuit !

— Ya un début à tout ! dit André. Et puis je ne vois pas pourquoi nous aussi on ne s'amuserait pas !

— C'est cool ! dit Lucas. Moi je trouve ça vraiment cool ! Vous avez raison ! Faut s'éclater dans la vie !

André et Jean se joignirent au groupe finalement sur la piste de danse. Ils dansèrent un moment ensemble. Jean et André tentant de les imiter du mieux qu'ils pouvaient, ce qui faisait bien rire les jeunes.

Lorsqu'ils prirent une pause, les jeunes leur offrirent une boisson. Ils alternèrent danse, pause avec boisson alcoolisée. Au bout d'un moment, ils s'assirent à l'une des tables.

— C'est étrange, dit soudain Jean clignant des yeux devant lui et regardant avec attention un groupe de filles se trouvant devant eux. La minette là-bas, on dirait qu'elles sont deux pareilles !

— T'as de la chance, t'en vois plus que moi, répondit André qui regarda lui aussi, mais n'en trouva qu'une seule.

— Je vais surement devoir changer de lunette, dit Jean.

— Je pense que ta vue ira mieux tout simplement après avoir dessoulé, répondit André. Je te rappelle que tu n'as pas de lunettes.

Finalement, ils ressortirent quelques heures après en titubant et en riant de plus belle.

Lucas sortit également avec ses amis. Ils furent soudain pris à partie par un autre groupe de jeunes encore plus éméchées qu'eux. L'un d'eux finit par s'énerver et sortit finalement un couteau de poche et menaça le jeune Lucas.

André et Jean se regardèrent. André se dirigea alors devant Lucas.

— Je croyais qu'on était ici pour s'amuser ? dit-il à celui qui menaçait les autres avec le couteau.

— Casse-toi le papy si tu veux pas que je te rase de près avec mon couteau ! lui cria celui-ci.

— T'appelles ça un couteau toi ? lui cria André en titubant légèrement. C'est un truc de dinette ça !

Il mit difficilement sa main droite derrière son dos et en sortie un grand couteau de chasse qu'il présenta devant eux.

— Ça, c'est un couteau ! Et ne crois pas que je ne sache pas m'en servir ! Je vais à la chasse avec !

— André ? Mais… commença Jean qui s'était positionné au côté de Lucas.

— T'inquiète, dit André plus doucement. J'ai vu ça dans un film il y a longtemps !

— Oh, là ! Du calme papy, je voulais juste jouer un peu c'est tout ! dit le jeune en rangeant son couteau et en s'éloignant rapidement.

— C'est ça oui. Juste un peu, dit André en rangeant le sien. Retourne dans tes couches petit ! Comme quoi, j'ai bien fait de l'emmener finalement.

— Ça fait deux fois ce soir que vous me sauvez la mise André, dit Lucas. Pourquoi ?

— Tu pourrais être mon petit-fils. Celui que je n'ai jamais connu, répondit André en s'éloignant avec Jean les larmes aux yeux.

— J'aurais été fier d'avoir un grand-père comme vous, fit Lucas en les regardant s'éloigner.

Il rejoignit ses copains non sans jeter un œil sur eux plusieurs fois.

Une voiture de la gendarmerie arriva subitement et s'arrêta devant André et Jean. Les deux gendarmes sortirent rapidement de leur véhicule.

— Encore vous ? s'écria le gendarme avec étonnement.

— Quoi encore nous ? demanda André en regardant le gendarme avec insistance et en s'essuyant les yeux.

— On a suivi votre conseil, dit Jean. Là vous ne pouvez pas dire que nous faisions trop de bruit !

— On a reçu un appel nous disant qu'il y avait deux papys, dont un avec un couteau de chasse.

— Ce n'est rien ça, fit André c'était pour au cas où.

— Au cas où ? répéta le gendarme. Vous êtes bourré et vous vous baladez avec un couteau ?

— De nos jours on n'est jamais trop prudent. La preuve, on vient de se faire agresser par des petits cons. Et bien évidemment, vous, vous arrivez toujours après.

— On se déplace lorsqu'on nous appelle Monsieur Malvau. On n'est pas devin.

— Par les temps qui courent, monsieur le gendarme vaut mieux être armé !

— Venez, on vous emmène au poste et donnez-moi ce couteau ! C'est totalement interdit de se balader avec ça ! Et encore plus dans votre état !

— De mon temps on avait le droit pourtant, protesta André. Je suis peut-être éméché, mais je sais encore ce que je fais !

André sortit difficilement son couteau avec son étui de son dos et le tendit au gendarme.

— T'as vu ça, Jean, on va même avoir droit à une petite balade gratuite en voiture de gendarme !

— Oui, c'est cool ça ! répondit Jean. On finit la soirée en beauté ! Je ne suis jamais monté dans une voiture de gendarmerie encore !

Le gendarme soupira et les fit asseoir à l'arrière. Il donna le couteau à son collègue et prit le volant.

Jean et André se regardèrent et souriaient visiblement heureux des évènements.

— Cool ! dit André. La soirée se finit bien !

— La meilleure soirée de toute ma vie ! confirma Jean.

Le gendarme les accompagna au poste où il leur posa plusieurs questions.

— Ben quoi, répondit André. S'il n'y avait pas cet autre jeune qui nous aurait menacés avec son petit couteau ridicule, je n'aurais pas eu besoin de sortir le mien

— Houai, totalement ridicule ! répéta Jean en regardant le gendarme avec plus d'attention. De la dinette même je dirais !

— Vous êtes complètement bourré ! constata le gendarme.

— Ben oui, confirma Jean. Mais on avait prévu de prendre le taxi pour le retour. Je vous rassure. On ne conduit pas.

— Heureusement. Mais bon, je ne peux pas vous laisser comme ça dans la nature maintenant. Vous allez devoir dégriser au poste.

André et Jean se regardèrent.

— Vous nous offrez le gite et le couvert ? demanda André en ouvrant les yeux en grand.

— Je suis bien obligé, répondit le gendarme. Parce que s'il vous arrivait quelque chose, j'en serais entièrement responsable.

— Cool ! fit André en se frottant les mains.

— Archi cool ! fit Jean. Alors, montrez-nous nos quartiers parce là moi je suis capoute !

— Et va falloir voir pour une éventuelle condamnation pour port d'arme sur un lieu public, dit le gendarme en se levant.

— J'ai toutes les autorisations et je suis en règle. De toute façon, vu ce qui me reste à vivre, je m'en fous, répondit André en se levant et en se rattrapant à temps à la chaise.

Le gendarme les conduisit dans une petite cellule. Ils durent enlever leurs chaussures, tout ce qu'ils avaient dans leur poche et leurs ceintures.

— Ce serait bien un petit café bien serré avant de pioncer ! dit André en s'asseyant sur la couchette avec difficultés.

Le gendarme soupira de nouveau et ressortit de la cellule. Il revient un peu plus tard avec deux gobelets de café qu'il leur tendit à chacun.

Ils burent leur café en riant.

— Superbe soirée, dit Jean.

— La meilleure ! confirma André. Finalement, les jeunots savent mieux s'amuser que nous à l'époque.

— C'est clair. Ils ont des trucs super cool eux ! On devrait prendre exemple sur eux.

— On ne devrait pas se plaindre, on s'en sort plutôt bien pour l'instant. Je ne me souviens plus quand est-ce que j'ai été heureux comme ça. Le pied !

— Oui. C'est vraiment le pied, confirma Jean.

Ils se couchèrent peu de temps après et ne tardèrent pas à s'endormir.

Ils furent réveillés par l'ouverture de leur cellule le lendemain.

— Vous pouvez sortir, leur dit le gendarme en laissant la porte de la cellule ouverte.

— On est libre ? demanda André en se frottant les tempes.

— On peut dire que vous avez vraiment de la chance. Il y a un jeune qui vient de faire une déposition vous concernant. Vous pourrez le remercier. Je vous ai fait appeler un taxi, alors n'en abusez pas.

— J'avais totalement oublié le lendemain de bonne cuite, dit Jean en se levant difficilement et en se massant les tempes lui aussi.

Ils sortirent et remirent leurs ceintures et leurs chaussures. Ils reprirent ce qu'ils avaient dans les poches et sortirent de la gendarmerie. Le gendarme avait rendu le couteau à André et lui disant qu'il ne voulait plus le revoir avec.

— À ton avis qui est le petit jeune qui a fait une déposition pour nous ? demanda Jean.

— On en a vu beaucoup hier, répondit André. Et après je ne voyais plus très bien. Y en a même qui s'était dédoublé à la fin.

Le taxi arriva devant eux. André et Jean aperçurent au loin Lucas qui les regardait. Celui-ci leur sourit et leva son pouce en l'air. Ils lui sourirent à leur tour et lui présentèrent leur pouce également. Celui-ci leur fit ensuite un signe de main avant de rentrer dans une voiture.

— Lucas, dit André en entrant dans le taxi. C'est lui qui nous a sauvés de ce pétrin.

— Ils ne sont pas tous cons les jeunes d'aujourd'hui, dit Jean. Certains sont reconnaissants.

— Pas tous con, en effet répondit Jean.

4

Jean frappa à la porte d'entrée d'André, celui-ci lui ouvrit et sortit le rejoindre sur le palier.

— Viens ? dit-il en entraînant Jean avec lui.

— Où ça ? demanda celui-ci en le suivant.

— Eh bien, maintenant il nous reste encore un truc à tester ! s'écria celui-ci visiblement enthousiasme. Draguer des minettes !

— Je ne vois pas où l'on pourrait faire ça ! répondit Jean. En plus il faudrait trouver des femmes de notre âge. Autrement je crains bien que nous n'ayons aucune chance !

— Oui, je sais tout ça ! Il y a un repas au petit frère des pauvres, annonça André. Là au moins on aura des femmes de notre âge. En plus les trois quarts sont célibataires ou veuves. On a donc toutes nos chances !

— À oui, bien vu ! J'y aurais pas pensé ! Mais au fait, tu sais comment on drague aujourd'hui ?

— Eh bien, y a qu'à mélanger un peu de trucs de notre temps avec des trucs d'aujourd'hui.

Jean suivit André jusqu'à la maison de retraite de la ville. Celui-ci le regarda visiblement perplexe.

— Ne t'inquiètes pas ! le rassura Jean en ouvrant la porte d'entrée. Ils utilisent juste la salle de la maison de retraite pour ce genre d'évènement. Mais ne t'attends pas à avoir de l'alcool par contre.

— Ça, ce n'est pas grave, répondit Jean. L'essentiel c'est que l'on s'amuse. Et puis pour draguer de toute façon, il vaut mieux avoir les idées claires.

Ils se retrouvèrent au beau milieu d'une vaste salle. On avait installé les tables en forme de U. On les installa sur le côté et par chance il y avait beaucoup plus de femmes que d'hommes. Ils avaient donc l'embarra du choix. Ils furent servis par des bénévoles tout au long du repas. Chacun tenta de discuter avec leurs voisines. Après le repas, ils purent profiter de la piste de danse qu'on leur avait aménagée. Mais cela ne se déroula pas comme ils l'avaient espéré. Ce fut d'abord André qui se prit une claque dans un premier temps, puis peu de temps après ce fut Jean qui s'en prit une également. Ils se retrouvèrent dans un coin de la salle sous les regards amusés d'un autre petit vieux qui les observait depuis un bon moment déjà. André lui fit une grimace avant de se masser une nouvelle fois la joue et de détourner le regard.

— Ça n'a pas l'aire de fonctionner notre technique de drague, fit Jean.

— Pas vraiment non. Elles semblent plus sauvages qu'à notre époque. Pourquoi toi tu t'es pris une claque toi ?

— J'ai voulu l'embrasser.

— Moi je me suis un peu trop frotté à elle.

— Ça veut dire que les méthodes actuelles ne fonctionnent pas sur ces mesdames.

— Après tout elles ont notre âge donc, il faut peut-être appliquer nos anciennes méthodes, proposa André.

Ils attendirent quelques chansons avant de retourner en piste. Mais le succès ne fut pas au rendez-vous. Ils retournèrent à leur place après trois chansons, visiblement dépités. Le petit vieux les observait et les regardaient toujours avec amusement.

— Ce type commence vraiment à m'énerver, fit André en lui jetant un regard noir.

— C'est clair. Je crois que sur ce coup-là, on ne gagnera pas.

— Bah, on aura essayé. C'est elles qui ne sont pas réceptives à nos avances, se consola André.

— Elles ne savent pas ce qu'elles perdent, fit Jean en riant.

— C'est clair ! répondit André en riant lui aussi.

Leur sourire s'évanouit subitement en apercevant le petit vieux de tout à l'heure qui venait d'entrer en piste avec l'une des femmes. Il leur fit un sourire béat dévoilant ses fausses dents et poussa même le vice à lever son pouce à leur intention.

— Il nous cherche là ? s'offusqua Jean.

— Je crois bien ! répondit André.

— Qu'est-ce qu'il a de plus que nous ? soupira Jean en buvant un verre de jus d'orange. Il ne sait même pas danser et il n'a même plus de dents.

— Il n'a pas fait comme nous. Il a attendu, observé et agit par la suite. Il a été beaucoup plus malin que nous.

— Un calculateur, comprit Jean.

— C'est clair. Finalement on devrait aller draguer au parc, on aura sans doute plus de chance.

— Houai, elles seront peut-être plus réceptives.

Jean et André se levèrent pour sortir. Ils remercièrent les bénévoles et se retrouvèrent dehors.

— Désolé que cela n'ait pas marché, dit André.

— Ce n'est pas bien grave, on n'a juste à éliminer ce lieu de notre liste, répondit Jean.

— Oui, pour se faire des amis c'est bien. Mais pas pour draguer. Je comprends pourquoi ceux de notre âge restent encore célibataires.

Ils se dirigèrent au parc où se trouvait le lac de la ville. Ils prirent place sur leur banc habituel et se mirent à observer le passage des nombreux promeneurs.

— Bon, je crois que nous n'avons pas eu beaucoup de chance, dit André en observant le lac.

— On ne peut pas gagner à tous les coups, fit Jean. Et puis c'est en faisant des erreurs que l'on apprend.

— Je crois que finalement on s'est laissé dépasser.

— On a surtout travaillé comme des forcenés pour n'avoir qu'une petite retraite de rien du tout, dit Jean. Elle nous sert juste à garder un toit et éventuellement manger. C'est vrai quoi, ce n'est pas nous les vieux qui allons protester dans la rue avec nos cannes et nos difficultés à marcher.

— On n'est pas vraiment aidé, ça, c'est clair. Je me demande comment sera la vie pour nos futurs jeunes lorsque l'on sera plus là.

— Ils devront faire comme nous, mais en plus durs.

— Qu'est-ce qu'on fait pour samedi prochain ? demanda André. On retourne en boîte de nuit ?

— Moi je ne suis pas contre.

— OK, alors on remet ça.

— Cool !

— Je crois qu'on ne va pas rencontrer beaucoup de minette aujourd'hui.

— Je ne crois pas non plus, fit Jean. On se retrouve demain.

— Entendu, à demain alors.

Le lendemain, André fut étonné de ne pas voir Jean venir comme il l'aurait pensé. Il décida de se rendre directement chez lui.

— J'espère que tu ne m'as pas abandonné, on a encore pas mal de choses à faire toi et moi ! dit-il en prenant sa veste et en sortant de chez lui.

André marcha aussi rapidement qu'il put jusqu'à l'endroit où habitait Jean. Il n'était jamais rentré chez lui. Mais, celui-ci lui avait montré où il vivait. Son cœur se mit à battre rapidement lorsqu'il aperçut les gyrophares d'une voiture de la gendarmerie garée devant l'endroit où vivait Jean.

— Non ! dit-il en accélérant encore le pas.

André aperçut bon nombre de personnes attroupées devant le bâtiment. La fenêtre de l'appartement était ouverte. André regarda au sol, mais il n'y avait rien.

— Allez vous faire foutre ! entendit-il soudain.

Subitement bon nombre de papiers volèrent dans les airs. Jean jetait un tas de papiers par la fenêtre. Et fit un bras d'honneur au type en costume qui se trouvait aux côtés du gendarme.

— Calmez-vous s'il vous plaît ! cria le gendarme.

— Si vous vous pointez chez moi, je vous préviens vous serez responsable de ma mort !

— Monsieur, nous avons une décision de justice pour prendre vos biens, cria un homme en costume. Que vous le vouliez ou non, la loi sera appliquée.

Jean passa sa tête par la fenêtre et leur fit un deuxième bras d'honneur.

— Comment ça, quelle décision de justice ? demanda André en s'approchant de l'homme en costume.

— Monsieur Bizuel doit une certaine somme d'argent. Ne pouvant pas payer nous devons saisir ses biens.

— Vous oubliez de dire que j'ai dû refaire mon dossier de pension, car un abruti l'avait perdu et que je n'ai pas été payé pendant plusieurs mois ! cria Jean par la fenêtre. C'est à lui d'aller demander des comptes pas à moi !

— Nous n'avons pas le choix, Monsieur Bizuel ! Soit vous payez soit nous nous payons sur vos biens !

— Vous pourriez attendre que ces abrutis rectifient leur erreur !

— Malheureusement, ce ne sera pas possible Monsieur Bizuel, ça fait déjà plusieurs mois que ça dure !

— Ce n'est certes pas de ma faute si en plus cet abruti n'est pas une flèche dans son travail ! De mon temps si on avait travaillé ainsi, on aurait été viré depuis longtemps sans préavis !

— Combien faut-il payer ? demanda soudain André.

— Ce Monsieur nous doit au moins plus de dix mille euros, même avec la vente de ses meubles cela ne couvrira pas toute la somme. Je crains qu'il ne se retrouve également expulsé de chez lui dans les jours à venir.

— Dix mille euros ? Si je vous fais un chèque maintenant est-ce que vous arrêterez de vouloir prendre ses meubles et il pourra garder son appartement ?

— Oui Monsieur, mais ça fait une sacrée somme et...

André fouilla dans sa poche et en sortit son carnet de chèques. Il utilisa la voiture de la gendarmerie pour le remplir et le tendit à l'huissier qui le prit nota l'ordre et lui donna un reçu.

— Très bien, dans ce cas, toute charge retenue contre Monsieur Bizuel est définitivement abandonnée. Je vous remercie.

L'homme repartit dans sa voiture et André ne le quitta pas des yeux jusqu'au moment où celui-ci eut disparu de sa vue.

— Sale rapace ! dit-il finalement en se tournant vers le gendarme et le serrurier.

— Qui va nettoyer tout ce foutoir maintenant ? demanda le gendarme en désignant tous les papiers qui étaient en train de s'envoler partout.

— On les ramassera, répondit André. La société devrait avoir honte de traiter les vieux ainsi !

— Je ne fais que suivre les ordres, se défendit le gendarme.

— Bien évidemment, comme tout mouton qui se respecte !

— Je vous interdis de me traiter de la sorte ! cria le gendarme.

— Et comment traitez-vous cet homme ? C'est une erreur administrative et pourtant c'est lui qui paie les pots cassés ! C'est vrai les vieux on s'en fout ! On attend même qu'ils crèvent pour en être enfin débarrassé ! cria André en leur tournant le dos et en se dirigeant vers l'entrée de l'immeuble. Vous oubliez messieurs qu'un jour c'est vous qui serez à notre place !

— Je compte sur vous pour ramasser tout ce foutoir ! cria le gendarme en retournant vers sa voiture également.

Le serrurier fit de même, et la rue se vida petit à petit.

Il n'y avait pas beaucoup de grabuge dans cette petite ville. Nul doute que ça allait devenir le principal sujet de conversation pendant un bon moment.

Jean ouvrit lentement la porte à l'arrivée d'André. Il la referma derrière lui visiblement gêné. André lui tendit le reçu de l'huissier.

— Je ne sais pas quoi dire, fit Jean. Mais je ne pense pas pouvoir te rembourser une telle somme. Du moins pas tout de suite.

— Et alors ? Tu crois que je vais pouvoir emmener cet argent avec moi lorsque je serais là-haut ? demanda celui-ci en souriant. J'ai pas mal d'argent de côté et je préfère qu'il soit utilisé ainsi plutôt qu'il aille dans ma famille qui se fout royalement de moi. Je suis sûr que s'ils étaient au courant de ce que j'avais, ils seraient ici quasiment tous les jours !

Ils se mirent à rire.

— Je ne sais pas comment te remercier, dit Jean.

— On est les vieux de la vielle ! Alors on doit s'entraider et s'éclater ensemble ! L'argent c'est ce n'est que des bouts de papier. La prochaine fois que tu as un problème, n'hésite pas à me demander de l'aide.

— Merci, répondit Jean les larmes aux yeux. Des bouts de papier, oui, mais des bouts de papier qui permettent de faire énormément de choses.

— Allez viens, on va ramasser tous ces papiers avant que notre gendarme préféré nous fasse une syncope !

Ils se mirent à rire une nouvelle fois avant de sortir.

5

André finissait de se préparer en même temps qu'il écoutait la radio.

« La gendarmerie n'a toujours aucune piste concernant les nombreux cambriolages qui ont lieu actuellement dans la ville. De nombreux commerçants et entreprises et même certains particuliers subissent en effet depuis quelques semaines divers cambriolages, dont serait la deuxième fois pour certains depuis le début du mois. L'inquiétude grandit parmi les nombreux commerçants et les entreprises des alentours. »

André éteignit la radio et prit sa veste avant de sortir. Aujourd'hui, il avait prévu d'aller avec Jean pour voir ce qui se passait au niveau de son dossier de pension.

Ils se retrouvèrent dans la grande rue et prirent le car pour se rendre à la ville la plus proche. Ils durent attendre longuement avant d'être enfin reçus par un agent. Celui-ci pianota sur l'ordinateur pour avoir accès au dossier de Jean.

— Votre dossier a été bloqué, informa celui-ci au bout de quelques minutes. Il a été signalé comme décédé.

— Désolé pour vous, mais je ne suis pas encore mort, répondit Jean visiblement en colère. Vous ne ferez pas encore d'économie sur mon dos !

— Comment ça il a été déclaré décéder ? demanda André. Vous le voyez bien ! Ce Monsieur est bien devant vous en chair et en os ! En plus il vous a montré ses papiers d'identité !

— Je ne comprends pas, je vais devoir faire des recherches pour voir ce qui s'est passé. Je vous rappelle dès que j'ai du nouveau.

— Non, Monsieur ! Là je ne suis pas d'accord, vos recherches vous les faites aujourd'hui et maintenant ! Parce que nous, on ne bougera pas d'ici tant que la situation ne sera pas rétablie. Vous n'avez aucun avis de décès de la part de Monsieur Bizuel ?

— En effet, répondit l'agent.

— Alors, faites votre putain de boulot ! Mon ami a failli se retrouver dehors à cause d'un de vos agents ! Alors soit vous rectifiez le tir tout de suite, soit nous campons ici pour la nuit ! s'écria André. C'est aussi simple que ça !

— Très bien je vais voir ce que je peux faire, répondit l'agent en se levant et en sortant du bureau.

— Tu y as été un peu fort, dit Jean.

— Et si tu te serais retrouvé dehors à cause d'un couillon qui s'est gouré, t'aurais pensé la même chose ?

L'agent revint peu après suivi d'une autre personne qui visiblement semblait être un responsable.

— Monsieur Bizuel ? Après avoir consulté votre dossier, il s'avère en effet qu'il s'agisse bien d'une erreur d'un de nos agents. Il y aurait eu un amalgame avec une personne du même nom que vous, mais habitant dans une autre région.

— Ça veut dire qu'elle continue de recevoir ses prestations alors que moi on me les a enlevés ? demanda Jean.

— C'est ça. Bien évidemment je viens de faire rectifier et vous toucherez à nouveau votre pension avec celles que vous auriez dû avoir, cela va de soi.

— Et ? C'est tout ? Je vous informe que j'ai failli me retrouver dehors ! s'écria Jean. Et les frais bancaires et les autres frais ? Qui va me les rembourser ?

— Nous allons vous donner un dossier de réclamations à remplir. Vous pourrez effectuer une demande de remboursement des frais que vous avez pu avoir à cause de notre erreur.

— Je l'espère bien !

— On va vous donner une attestation de votre situation, vous recevrez votre paiement et vos rappels d'ici deux jours maximum.

— Dans le cas contraire, je promets que nous reviendrons et nous ne bougerons pas d'ici tant que cela ne sera pas fait, informa André.

— Je comprends. Je vous adresse toutes mes excuses.

— Au lieu de cela vous devriez botter le cul à cet agent qui a fait cette erreur monumentale sans se soucier qu'il mettait une personne dans la merde ! répondit André en se levant.

L'agent prépara l'attestation, leur donna le dossier et ils retournèrent en ville.

— Viens ! fit soudain André en entraînant Jean avec lui. Aujourd'hui on aura bien mérité de manger dans un des restaurants. Le car ne passera pas avant plusieurs heures maintenant.

— Oui, mais je n'ai pas d'argent et je ne pourrais pas te rembourser, répondit Jean avec une certaine gêne.

— Je te l'ai déjà dit, j'ai pas mal d'argent de côté, alors va bien falloir que je les utilise avant de me retrouver là-haut. On n'y emmène pas ! Ça, ça reste sur terre.

Ils mangèrent tranquillement au restaurant en observant les personnes se trouvant aux alentours. Jean semblait déguster chaque bouchée de ce qu'il mangeait ce qui intrigua André. Il comprit surtout que celui-ci ne devait pas manger souvent au restaurant.

Ils reprirent tranquillement le bus et décidèrent d'aller se promener au parc pour finir la journée. Ils s'apprêtèrent à prendre un des sentiers lorsqu'ils aperçurent un groupe de jeunes courir rapidement et se diriger sur eux. L'un d'eux percuta brutalement Jean qui se retrouva projeté au sol. Les jeunes ne s'arrêtèrent même pas.

— Jean ! Jean ! cria André en apercevant le nez en sang de celui-ci. Bande de salopards ! Vous ne pouvez pas faire attention !

L'un des jeunes se retourna et lui fit un doigt d'honneur.

—Petits cons ! cria André. Vous ne perdez rien pour attendre !

André aperçut que beaucoup transportaient diverses choses dans les bras. Ils continuèrent leurs courses montèrent rapidement dans une voiture et disparurent rapidement.

André observa la voiture avec attention et prit rapidement un stylo et nota quelque chose sur sa main droite avant de se jeter sur Jean qui n'arrivait pas à se relever. Soudain, un autre groupe de jeunes apparut sur le sentier devant eux en faisant du bruit.

— Jean ! cria l'un des jeunes en se précipitant vers Jean. Vous êtes tombé ?

Les jeunes l'aidèrent à s'asseoir sur l'un des bancs et lui donnèrent même un paquet de mouchoirs en papier.

— On appelle les pompiers ! fit l'un d'eux que Jean reconnut sous le nom d'Éric.

Il avait à peine raccroché que les gendarmes apparurent subitement et se postèrent devant eux.

— Pour une fois, ils sont rapides ! fit André avec étonnement. Et on ne les a même pas appelées !

— Que s'est-il passé ? demanda le gendarme en observant tout le monde. On vous embarque tous ! Une entreprise du coin vient de se faire cambrioler pour la deuxième fois cette semaine.

— Ce n'est pas nous Monsieur ! protesta l'un des jeunes qui se nommait Léo.

— On verra ça au poste ! cria le gendarme tandis que les pompiers arrivaient.

Ils emmenèrent Jean à l'hôpital le plus proche. Finalement celui-ci n'avait pas grand-chose à part un coup sur le nez. Il put sortir rapidement. On les conduisit ensuite à la gendarmerie afin qu'ils puissent faire leur déposition.

Ils furent étonnés de voir plusieurs parents visiblement en colère qui semblaient attendre.

— Si jamais il recommence ces conneries, je lui en colle une ! dit un homme.

— Du calme mon chéri, disait une femme. Ce n'est peut-être pas ce que l'on croit. Il nous a promis.

Les jeunes sortirent d'une salle visiblement abattue. L'homme se précipita sur Lucas et commença à lui crier dessus.

— Espèce de vaurien ! Tu avais promis d'arrêter tes conneries !

L'homme s'apprêtait à le frapper lorsque André se déplaça aussi rapidement qu'il le put et l'arrêta avec la canne de Jean qu'il tenait dans les mains.

L'homme le regarda visiblement furieux il s'apprêtait à ouvrir la bouche, mais Jean intervint rapidement.

— Vous devriez avoir honte ! Ces jeunes sont venus spontanément nous aider et Éric a appelé les pompiers pour moi !

Tous se regardèrent en silence. Le gendarme apparut et observa la scène.

— Je vais avoir besoin de la déposition de tous ici présent. Ces jeunes disent qu'ils vous ont porté assistance et qu'ils n'y sont pour rien dans le cambriolage qui a eu lieu non loin d'où vous vous trouvez. Vous confirmez leur dire ?

— Ces jeunes sont venus me relever lorsque je me suis retrouvé au sol à cause d'autres jeunes que je ne connaissais pas qui m'ont bousculé, répondit Jean. Ils m'ont donné un paquet de mouchoirs en papier pour que j'essuie le sang qui coulait de mon nez et sont restés avec nous jusqu'à votre arrivée et celle des pompiers. Vous parents, vous devriez être fier de vos enfants et pas l'inverse. Ce n'est pas la première fois que je les rencontre vos enfants dans les environs. Et je peux vous assurer qu'à aucun moment ils ne nous ont manqué de respect bien au contraire.

— Sans vouloir vous vexer, lorsque vous êtes arrivées, commença André ils sont restés avec nous. De plus ils n'avaient absolument rien dans les mains à part leurs effets personnels. Ce n'est pas un comportement de voleur ça.

— Il faut que nous retrouvions ces voleurs, dit le gendarme puisque vous les avez rencontrés, vous pourriez nous les décrire ?

— J'ai mieux que ça, répondit André en souriant. Est-ce que le numéro de la plaque de leur voiture vous conviendrait ?

Le gendarme parut surpris sur le moment.

— Venez, dit-il. Et vous, vous nous attendez ici pour le moment.

Le gendarme fit entrer Jean et André dans son bureau. Ils en sortirent environ une heure plus tard. Tous les regardèrent avec inquiétude.

— Vous êtes tous libres, informa le gendarme. Ces deux Messieurs confirment votre version des faits. D'autant plus que la voiture avec laquelle ces jeunes ont effectué ces cambriolages vient d'être retrouvée. Elle appartiendrait à l'un des parents de ces jeunes délinquants qui viennent eux-mêmes d'une ville voisine.

Le père de Lucas regarda son fils visiblement peu fier.

— Je m'excuse mon fils. J'avais tellement peur que tu recommences tes bêtises. Je suis fier de toi.

Il le prit dans ses bras. Celui-ci regarda Jean et André avec une certaine émotion. Il leur présenta son pouce en l'air. Jean et André acquiescèrent de la tête et s'apprêtèrent à repartir.

— Attendez, Monsieur Bizuel et Monsieur Malvau. Je vais dépêcher une voiture pour vous ramener chez vous.

— Cool, fit Jean. Ça va faire deux fois que nous montons dans une voiture de gendarme en moins d'un mois !

— Oui, répondit André en suivant le gendarme qui allait les ramener. Ça va jaser dans la ville.

Ils saluèrent les jeunes qui répondirent joyeusement à leur salut et suivirent le gendarme.

Le lendemain, André rencontra Lucas qui semblait se rendre au lycée.

— Merci pour hier, fit celui-ci en marchant à ses côtés.

— Mais je n'ai fait que relater la vérité, répondit André. Ton père ne doit pas être commode on dirait.

— En même temps, j'ai fait pas mal de bêtises auparavant. Mes parents ont déménagé ici afin que je quitte définitivement les mauvaises relations que j'avais auparavant. Depuis je n'ai pas recommencé, mais je pense que mes parents n'ont pas entièrement confiance en moi. Ils ont encore peur que je recommence.

— Ça peut se comprendre. Il faudra du temps.

— Vous n'avez pas de famille ?

— Si, mais pour elle, c'est comme si je n'existais plus.

— Moi je n'ai plus de grand-père. Et j'aurais pourtant bien voulu en avoir un. Je n'ai que mes parents comme famille.

— La vie n'est pas juste bien souvent. Tu sais ce que tu veux faire plus tard ?

— J'aimerais être avocat. Pour aider les gens comme moi. Mais mes parents n'ont pas beaucoup de moyens alors ça va être dur. Mais c'est de ma faute. Si je n'avais pas fait de bêtises, on n'en serait pas là.

— Les miracles existent jeune homme il faut y croire.

Le bus qui prenait Lucas venait d'arriver.

— À bientôt Monsieur Malvau ! Encore merci !

— Moi, c'est André ! lui cria André en souriant.

— OK, André ! répondit celui-ci.

6

André entendit la sonnerie de la porte d'entrée. Il prit sa veste et sortit pour retrouver Jean qui l'attendait visiblement avec impatience.

— Je nous ai trouvé un taxi, fit celui-ci en souriant.

— Un taxi ? demanda André.

Pour lui il était évident qu'ils prennent un taxi pour se rendre en boîte de nuit. Même s'il possédait le permis, il n'avait plus conduit depuis un moment et il ne se sentait plus prêt à prendre le volant à son âge. Il comprit soudain l'allusion lorsqu'il aperçut la voiture où se trouvaient Lucas, Éric et Léo.

— Ah, je comprends.

— On vous emmène ? fit Léo en souriant.

— Pourquoi pas ! répondit André en suivant Jean dans la voiture en souriant lui aussi.

Cette fois, lorsqu'ils pénétrèrent dans la boîte de nuit, le vigile à l'entrée ne leur lança qu'un bref regard.

Ils passèrent une bonne partie de la nuit à danser et à discuter avec les jeunes. Si certains les évitèrent et leur jetaient un regard en biais, d'autres en revanche se joignirent aux groupes malgré leurs réticences au départ. Ils passèrent une excellente soirée. Mais les jeunes avaient cependant un peu trop bu, ce fut donc André qui prit le volant pour plus de sécurité même si la voiture avançait par à-coups tout le long de la route avec les warnings allumés.

Ils furent arrêtés par les gendarmes à l'entrée de la ville.

— Encore vous ? demanda celui-ci qui les reconnut aussitôt.

— Oui, je sais, répondit André. On continue de suivre vos conseils. J'ai mon permis même si je n'ai pas conduit depuis un bon moment. Mais j'ai préféré prendre le volant plutôt qu'on retrouve ces jeunes dans le journal de demain. Je peux passer votre alcool teste sui vous le souhaitez, mais je n'ai pas bu d'alcool.

— C'est bon ! répondit l'agent en les laissant passer.

André ne sentait pas l'alcool. Ils purent rentrer tranquillement.

André retrouva Jean au parc le lendemain dans l'après-midi. Ils discutèrent longuement sur le banc comme ils en avaient coutume de faire. Lucas passa en fin d'après-midi et les salua.

— Vous retournez en boîte avec nous samedi ? leur demanda-t-il.

André et Jean se regardèrent visiblement étonner. Ils furent encore plus étonnés de voir Lucas s'asseoir à côté d'eux.

— D'où vous est venu de fréquenter la boîte de nuit à votre âge ?

— Eh bien, puisque nous n'en avons plus pour très longtemps on a décidé de profiter de la vie comme lorsque l'on était jeune, répondit André.

— Vous savez, vous faites beaucoup parler de vous au Lycée. Y en beaucoup qui vous attendent samedi prochain. Ils veulent voir ça de leurs propres yeux. Et vous avez de la chance, cette fois il y aura beaucoup de filles avec nous. On partira à plusieurs voitures.

— Cool ! fit Jean. On ne pouvait pas espérer mieux ! Les vieux de la vieille vont s'éclater comme les jeunes !

— Les vieux de la vielle ? répéta Lucas.

— Oui, c'est le nom que nous nous sommes donné, répondit André.

— Cela vous va bien, bien que vos actions soient en contradictions avec ce nom maintenant.

— C'était au début, mais nous sommes toujours les vieux de la vieille, même si maintenant nous faisons plus de choses.

Lucas se mit à rire.

Depuis, ce fut le rituel chaque samedi. Les jeunes se relayaient pour prendre André et Jean dans leur voiture. Finalement, le vigile les accueillit avec le sourire. Ces deux-là avaient fait augmenter la fréquentation de la boîte de nuit. Tout le monde voulait voir ça. Beaucoup de jeunes filles se mettaient même à danser avec eux.

— Finalement, dit Jean, même avec les yeux c'est toujours plaisant !

— Tu l'as dit !

Jean et André alternaient entre piste de danse et discussion avec certains jeunes. L'un des jeunes s'arrangeait toujours pour le pas boire afin de ramener tout le monde en sécurité au petit matin.

Ils faisaient généralement la grasse matinée le lendemain et se retrouvaient chaque après-midi au parc pour discuter sur le même banc.

— Regarde qui voilà ! fit soudain André en regardant droit devant lui.

— Nom de Dieu ! s'écria Jean.

Une auxiliaire de vie arrivait avec un fauteuil roulant où se trouvait le petit Papy qui les avait fait bisquer lors du repas aux petits frères des pauvres. Celui-ci ne les aperçut pas immédiatement. Il leur fit un sourire aussi grand qu'il put en les reconnaissant.

— Il nous cherche là ? demanda André.

— Je crois bien ! répondit Jean.

Ils aperçurent un groupe de jeunes filles au dernier moment. Celles-ci se dirigèrent automatiquement vers André et Jean et leur firent même la bise.

— Bonjour André ! Bonjour Jean ! salua l'une d'elles. On se retrouve samedi comme d'habitude ?

— J'y compte bien ! répondit André en observant le Papy qui visiblement ne perdait pas une miette de ce qui était en train de se passer.

Lorsque les jeunes filles s'éloignèrent, Jean et André s'assirent au fond du banc en s'étirant et en mettant leurs deux mains derrière leur tête. Le Papy leur décrocha un grand sourire et cette fois il leva les deux mains en le levant chaque pouce.

André et Jean le regardèrent s'éloigner en souriant et en se rasseyant normalement.

— Je crois que là, on l'a bien mouché ! fit Jean.

— Et comment ! répondit André. Je pense qu'à notre âge, on ne peut pas faire mieux !

— Nous, les vieux de la vieille reprennent du poil de la bête ! cria soudain Jean.

Un après-midi cependant, Jean ne trouva pas André au parc. Il décida alors d'aller chez lui pour voir ce qui se passait. Il frappa plusieurs fois à la porte sans obtenir de réponse. Son inquiétude grandit. Au fond de lui il sentait que quelque chose n'allait pas. Il frappa alors chez les voisins.

— André ? C'est vrai, je ne l'ai pas aperçu ce matin aller chercher son pain, c'est étrange.

— Puis-je appeler les pompiers ? demanda Jean. Ce n'est pas normal ! Il a dû lui arriver quelque chose ! On devait se retrouver au parc !

— Allez-y, répondit la jeune femme en lui donnant le téléphone.

Dix minutes plus tard, les pompiers défoncèrent la porte d'entrée de l'appartement d'André pour trouver celui-ci totalement inanimé au sol de sa salle à manger. Il fut aussitôt transporté à l'hôpital. Jean dut attendre un bon moment dans le couloir avant que le médecin ne sorte.

— Comment va-t-il ? demanda Jean visiblement inquiet. Est-ce que je peux aller le voir ?

— Il est réveillé, répondit celui-ci. Mais il ne faut pas trop le fatiguer.

Jean nota toutefois que celui-ci n'avait pas répondu à la première question. Il décida d'en avoir le cœur net en entrant dans la chambre. Il trouva André allongé qui lui sourit.

— Ces gredins ont décidé de me garder une semaine ! s'écria-t-il. Tout ça pour une simple fatigue. Je crois que j'ai dû trop forcer ces derniers temps.

— Je me suis vraiment inquiété, dit Jean en prenant place à ses côtés.

— Oh, t'inquiète pas, les vieux de la vieille ont encore beaucoup de choses à accomplir avant que je tourne l'arme à gauche. Crois-moi. Désolé pour notre petite balade quotidienne au parc. Je crois que pendant cette semaine cela ne va pas être possible.

— Je viendrais ici à la place, répondit Jean à demi rassuré.

— Je ne me suis pas vu tombé. Heureusement que je t'ai connu. Autrement j'aurais pu y rester longtemps. On ne peut pas trop compter sur les voisins dans ce genre de cas comme tu peux le constater.

— Oui, répondit Jean. Certains ont été découverts bien des mois après parce qu'ils ne payaient plus leurs factures.

Ils se mirent à rire.

— Ça risque d'arriver de moins en moins maintenant. C'est tout juste s'ils ne débarquent pas dès la première facture non payée, fit André.

Jean resta jusqu'à la fin des visites autorisées. Il passa chaque jour voir André et prévint même les jeunes qui vinrent le voir plusieurs fois également.

Un après-midi, Jean dut attendre qu'André ait fini de discuter avec le médecin avant de pouvoir entrer. La discussion paraissait visiblement animée. Ce qui ne le rassura pas vraiment. Lorsqu'il put entrer, il posa un regard interrogateur à André qui lui sourit.

— Eh bien, je vais pouvoir dire au revoir à ces charmantes infirmières aujourd'hui. Je peux sortir dès demain matin, mais je ne pense pas pouvoir aller en boîte de nuit ce week-end. Désolé.

— Ce n'est pas grave, répondit Jean. On pourra toujours regarder tranquillement un film chez toi.

— Bonne idée ! Mais il ne faudra pas que j'abuse pendant un certain temps. D'après le médecin une grosse fatigue peut devenir dangereuse à mon âge. Mais qu'est-ce qui n'est pas dangereux à notre âge finalement. Si on les écoutait, on ne ferait plus rien !

Jean vint chercher André dès le lendemain de bonne heure. Il perçut toutefois le regard désapprobateur du médecin avant qu'ils ne partent.

— Visiblement, ton médecin n'a pas l'air content que tu partes, remarqua Jean.

— Évidemment, je leur rapporte des sous en restant qu'est-ce que tu crois ? Il voulait me garder encore une semaine ! Tu te rends compte ! C'est abusé tout de même ! J'ai autre chose à faire, que de rester dans un lit à ne rien faire !

La semaine suivante fut beaucoup plus calme que d'ordinaire. Ils allaient tous les jours au parc, mais n'allèrent pas en boîte de nuit pendant les trois semaines qui suivirent. Un après-midi, Jean aperçut un homme en costume sortir de chez André. Il se demandait ce que tout cela voulait dire. La quatrième semaine toutefois, André semblait en meilleurs forme. Ils retournèrent en boîte de nuit tous les week-ends même si celui-ci dansait un peu moins sur les pistes que d'ordinaire et prenaient plus de pauses. Les jeunes semblaient ravis de les avoir retrouvés et avaient même ramené d'autres jeunes avec eux. Ils furent même surnommés le club des vieux de la vieille.

7

Jean retrouva André au parc assis sur le même banc que d'ordinaire.

— Comment va aujourd'hui ? demanda Jean.

— Moi ? demanda celui-ci visiblement étonné. Bien, pourquoi ?

— Eh bien, il faut bien dire quelque chose pour démarrer une conversation.

André se mit à rire.

— Parle-nous plutôt de la boîte de nuit de samedi. On s'est bien éclaté, mais j'ai mal un peu partout à force de gigoter dans tous les sens avec cette nouvelle musique qui vient de je ne sais où.

— C'est normal, répondit Jean. Ça fait longtemps que nous ne faisons pas de sport. Faut le temps que notre corps s'y habitue.

— Je dois dire que ces jeunes ont la belle vie. Ils s'éclatent vraiment bien, même si la vie est de moins en moins facile pour tout le monde.

— Oui, c'est vrai, nous, nous devions travailler sans arrêt pour montrer à tous ce que nous valons.

— Je ne vais pas pouvoir rester trop longtemps, car j'ai un rendez-vous important aujourd'hui.

— Ah, une petite copine ? demanda Jean.

— À mon âge ? Non merci. Trop de contraintes.

Ils se mirent à rire.

— Non, je dois faire des papiers importants.

— C'est dommage, il fait beau aujourd'hui.

— Y a Lucas qui va passer. On dirait bien qu'il ne nous lâche plus ce petit.

— On ne va pas s'en plaindre, fit Jean. Je ne sais pas si tu as remarqué, mais nous ne sommes plus les deux vieux croutons que nous étions il y a quelques semaines.

— Oui, c'est vrai. Je ne m'en étais pas rendu compte. Finalement on en a fait du chemin depuis la dernière fois. Les vieux de la vieille ont entraîné des jeunes dans leur délire. C'est à mettre dans les annales.

Ils aperçurent Lucas qui arrivait.

— Bien j'y vais, je vous dis à tout à l'heure ! dit André avant de partir.

— C'est moi qui l'ai fait partir ? demanda Lucas en prenant place sur le banc lui aussi.

— Non, il avait un rendez-vous, répondit Jean. Pour faire des papiers. Mais toi, qu'est-ce qu'un jeune comme toi vient faire avec un vieux crouton comme moi ?

— J'ai du temps libre et je savais que je vous trouverais ici. Vous savez on parle beaucoup de vous entre nous les jeunes.

— Ah bon ? Content que l'on soit votre sujet de conversation favori. D'habitude, les vieux comme nous n'intéressent personne, sauf lorsque nous passons l'arme à gauche. Là par contre, on voit même les membres de la famille rappliquer, mais pas pour nous en réalité. Ils viennent comme des rapaces pour voir ce qu'il y a à récupérer.

Lucas regarda Jean visiblement surpris.

— Désolé, je ne devrais pas te parler de ça. Tu n'y es pour rien dans tout ça.

— Le pire, fit celui-ci, c'est que vous dites la vérité. Moi je n'ai pas la chance d'avoir des grands-parents. Avec vous j'ai pu voir ce que cela pourrait être. J'aurais bien voulu en avoir. Passer mes vacances chez eux. Faire un tas de choses avec eux. Je n'ai que mes parents comme famille. Même pas de frère et sœurs.

— Alors tu as dû te sentir bien seul parfois.

— Oui, plus d'une fois en réalité. Surtout lorsque je me suis brouillé avec mes parents. Je n'avais personne avec qui parler. J'ai fait un tas de conneries en suivant d'autres garçons peu fréquentables que je considérais comme des frères. Oui, sauf qu'un jour, il y a eu la connerie de trop. Et j'ai pris pour tout le monde. S'il n'y avait pas eu une personne honnête pour témoigner, je serais sans doute en prison aujourd'hui. J'ai fait beaucoup de mal à mes parents. Je m'en veux. Ils ont décidé de déménager. De gagner moins d'argent, mais de faire en sorte que cela ne recommence plus.

— C'est pour cette raison qu'ils sont venus à la campagne, comprit Jean. Ils pensent te protéger de mauvaises influences. Mais à la campagne aussi il y a des mauvais garçons.

— Oui, comme ceux qui faisaient les cambriolages.

— Cela n'appartient qu'à toi de décider ce que tu veux faire de ta vie. Parfois, les parents n'y peuvent rien. Ils ne peuvent pas contrôler entièrement les actes de leurs enfants. Chaque personne est différente. Nous sommes tous individuellement différents.

— J'ai compris lorsque j'ai vu ma mère pleurer et que mon père ne pouvait rien faire pour la consoler. J'étais le seul à pouvoir faire quelque chose. Alors je me suis mis à travailler mieux à l'école, j'ai fait beaucoup d'efforts de comportement pour devenir ce que je suis aujourd'hui.

— À votre âge, nous on se faisait rosser par nos pères lorsque nous en faisions une. Parfois, on arrivait plus à s'asseoir, mais cela ne nous empêchait pas de recommencer.

Ils se mirent à rire.

— Ce n'était pas les mêmes conneries que nous à l'époque, fit Lucas.

— Non, pas de vol, pas de dégradations comme maintenant. Les vols concernaient seulement quelques fruits sur les arbres pour goûter. Bien sûr il y avait des exceptions.

— Les temps ont bien changé.

— Comme tu dis. Aujourd'hui, ils ne respectent plus rien. Ils ne respectent même pas le travail des autres. Je me demande dans quel monde tu vas vivre Lucas.

— Si ça peut vous rassurer, nous aussi on se le demande parfois.

— On n'a pas l'impression à vous voir que vous vous posez de telles questions.

— Et pourtant si. Même si nous prenons le temps de nous amuser. On sait qu'après on ne pourra plus. Enfin, on le pensait jusqu'au moment de vous rencontrer. Comme vous le dites si bien, c'est à nous de forger notre avenir. La vie n'est pas facile et on a bien l'intention de s'amuser et de rire autant de fois que nous le pourrons.

— Qui va s'amuser ? demanda André qui venait de revenir.

— Nous bien évidemment ! répondit Jean !

— J'ai hâte d'être samedi prochain. Les gars c'est moi qui invite cette fois !

— Cool fit Lucas en se levant. Je vais devoir y aller, j'ai promis à mon père de l'aider à tondre la pelouse.

— À plus tard jeune homme ! fit André en prenant sa place.

— Alors ?

— Eh bien, nous avons eu une longue discussion si tu veux tout savoir.

Jean lui raconta brièvement la conversation qu'il venait d'avoir avec Lucas.

— C'est un brave petit, dit André.

— J'ai vraiment l'impression qu'il fait partie de notre famille.

— Oui, celle qu'on aurait voulu avoir.

— Bien, fit Jean en se levant. On se retrouve demain à la même heure ?

— Dis, tu ne veux pas voir un film marrant ce soir ? demanda soudain André. Je crois que plus je ris et plus j'ai envie de rire.

— OK, pourquoi pas. Je te rejoins chez toi ce soir alors ?

— Entendu, ne prévois pas de manger je vais commander tout ce qu'il faut. On pourra même se saouler puisqu'on ne sort pas.

— À ce soir alors !

Le lendemain, ils furent étonnés de voir que Lucas ne vint pas les rejoindre au parc. D'ailleurs ils ne le virent pas non plus ce samedi-là non plus.

— Je ne sais pas ce qu'il a, répondit Éric. C'est vrai qu'il semblait étrange ces derniers temps. J'ai appris qu'il avait eu une altercation avec un autre jeune au lycée. En y repensant, c'est depuis ce moment-là qu'on le voit moins.

— Vous n'êtes pas dans la même classe ? demanda André.

— Non, on a pris des sections différentes, donc forcément on a été séparé. Mais cela ne nous empêche pas de nous voir entre les cours et en dehors.

— C'est vrai, on ne l'a pas vu beaucoup cette semaine, dit Léo.

André jeta un bref regard à Jean.

— Il finit le lycée à quelle heure lundi ? demanda André.

— Si je me souviens bien à seize heures.

— Bien répondit André.

Jean comprit ce qu'ils allaient faire. La soirée se passa tranquillement. Il manquait une personne. Ils rentrèrent plus tôt finalement. Ce fut André qui conduisit. Cette fois, il avait pris le coup de main. Ils aperçurent des gyrophares devant eux. Lorsqu'ils passèrent, ils purent voir deux voitures accidentées et plusieurs corps recouverts allongés sur le sol. Tous baissèrent la tête sauf André qui scrutait la route avec attention. Ils avaient bien conscience qu'ils auraient pu être à leur place ce soir-là.

— Décidément, dit André avant de se coucher. Cette soirée n'a pas été la plus belle.

Il retrouva Jean au parc en milieu d'après-midi et comme il s'y attendait, ils ne virent pas Lucas non plus ce jour-là.

Le lendemain André vint chercher Jean et ils prirent le taxi pour se rendre au Lycée. Ils attendirent à la sortie de celui-ci. Ils aperçurent soudain Lucas. Mais il fut rapidement pris à partie par un autre jeune qui le poussa sur le côté.

— Tu vois ce que je vois ? fit Jean.

— Oui, comme je m'y attendais ! répondit celui-ci en se dirigeant rapidement vers eux.

Jean le suivit se demandant bien ce qu'ils allaient pouvoir faire.

— Je n'ai pas d'argent ! disait Lucas.

— Vraiment ? Je te l'ai dit ! Pas d'argent ! Pas de liberté. Je vais devoir te frapper !

— Eh ! Qui vas-tu frapper comme ça ? cria soudain André d'une grosse voix mécontente faisant sursauter tout le monde.

Même Jean et Lucas sursautèrent ne s'y attendant pas le moins du monde.

— Alors c'est toi qui emmerde mon petit-fils depuis une semaine ! lança André sans quitter des yeux le jeune homme.

— Qu'est-ce que tu veux le Papy ? Que je m'occupe de toi avant ton trouillard de petit-fils ?

— Mon petit-fils n'est pas un trouillard ! répondit André. Il respecte seulement une promesse qu'il a faite à ses parents. Autrement, il t'aurait cassé la gueule depuis bien longtemps crois-moi. Mais tu vois ? Moi par contre je n'ai pas fait de promesse alors, je peux te la casser ta gueule ! Et à mon âge, je me fous royalement d'aller en prison pour ça !

Le jeune se mit à rire et lâcha Lucas pour se diriger vers André.

— Toi le vieux crouton ? Tu veux me casser la gueule ? J'aimerais bien voir ça !

— André ! cria Lucas en s'apprêtant à défendre celui-ci.

— Si tu veux t'en prendre à André, il va falloir que tu me passes sur le corps avant ! dit Jean en se mettant devant lui.

— Et sur moi également ! fit Éric qui venait juste d'arriver.

— Et moi également ! intervint Léo.

— Maintenant tu choisis, soit tu te casses et j'espère ne plus te revoir ici, soit on s's'occupe de toi personnellement, continua André sans faillir.

— Il ne se cassera pas parce qu'il est en état d'arrestation cria un gendarme qui lui passa rapidement les menottes. C'est toi qui rackettes certains lycéens du secteur depuis des mois. Tu avais disparu, mais on t'a retrouvé finalement !

Tous se regardèrent avec étonnement. Léo souriait de toutes ses dents.

— Ben, j'avais bien compris que cela finirait comme ça, alors j'ai appelé la cavalerie.

— J'espère que vous n'aviez pas votre couteau de chasse sur vous ? demanda le gendarme en passant devant André.

— Qui sait ? répondit celui-ci.

Le gendarme haussa les épaules et se dirigea vers la voiture de la gendarmerie avec le suspect.

— Je vous attends à la gendarmerie vous votre déposition !

— On viendra répondit André. Quelqu'un veut profiter d'un retour en taxi ?

8

— Pourquoi tu ne nous en as pas parlé ? demanda André à Lucas qui les avait rejoints au parc.

— Je ne savais pas quoi faire, répondit Lucas. J'avais promis à mes parents que je ne me battrais plus.

— Tu vois, on aurait pu t'aider, dit Jean. Ce genre de type profite des failles de leurs victimes pour les racketter. Ils ne s'attaquent pas à n'importe qui. Ils savent bien choisir leur proie.

— Même tes amis auraient pu t'aider, confirma André.

— Oui, mais s'il s'en était pris à vous ou à l'un de mes amis, j'aurais été contraint de vous défendre. Je me serais quand même battu et j'aurais trahi la promesse de mes parents.

— À plusieurs nous sommes plus forts. Je doute qu'il ait tenté quoi que ce soit, fit Jean.

— Tu as parlé à tes parents ? demanda André.

— Oui, répondit Lucas. J'étais bien obligé après le passage à la gendarmerie. Ils m'ont dit qu'en cas de défense s'était différent. Ce n'était pas moi le fautif si ce n'était pas moi qui commençais le combat.

— Alors, tu vois ? fit André.

— Vous avez été vraiment chouette tous les deux et surtout très courageux. Il aurait pu sortir son couteau.

— Pourquoi il avait un couteau ? demanda André.

— Ben, oui, mais pas le même que le vôtre.

— André ? Ne me dis pas que tu avais emmené le tien ? demanda soudain Jean avec inquiétude.

— Ben quoi ? J'étais en légitime défense ! se défendit celui-ci.

— Tu plaisantes ou quoi ? Si le gendarme t'avait fouillé ! Tu aurais pu finir au trou !

— Oui, j'aurais été logé et nourri gratos ! Et tu m'aurais emmené des oranges ou des bananes !

Jean poussa un soupir de désespoir. Lucas se mit à rire et tous suivirent finalement.

— Vous êtes vraiment incroyables tous les deux ! Mais qu'est-ce qu'on se marre avec vous !

— Eh oui ! répondit André. On n'est pas si grabataire qu'on pourrait le croire.

— Il se fait tard, je dois rentrer fit Lucas. Merci à vous !

— Ne me dit pas que tu l'avais emmené ? redemanda Jean à André.

— Ça, vous ne le saurez jamais, répondit André en souriant et en se levant. On se retrouve demain ?

— OK, répondit Jean en se levant lui aussi.

Le lendemain, Jean fut étonné de voir une femme d'environ une quarantaine d'années se trouver aux côtés d'André. Ils semblaient se connaître, mais leur conversation était relativement animée.

— Tu es un ingrat ! cria celle-ci.

— Moi ? Un ingrat ? Tu es vraiment gonflé ! Cela fait des années que ta mère est morte. Des années que je ne vous vois plus ! Vous et mon abruti de neveu ! Et là vous osez venir me demander de l'argent ? C'est moi qui suis gonflé ? Allez vous faire voir et laissez-moi crever en paix !

La jeune femme devint rouge comme une pivoine.

— Ça pour crever tout seul, tu vas crever tout seul crois-moi !

Elle se retourna et monta dans une voiture qui démarra en trombe aussitôt.

— C'est ça ! Cassez-vous !

Jean rejoignit André et posa un regard interrogateur.

— C'était ce qui restait de ma famille, si tu veux tout savoir ! lui cria celui-ci.

— J'y suis pour rien moi ! protesta Jean.

— Désolé, elle m'a vraiment foutu en boule. Tu te rends compte, je n'ai jamais vu mon petit-fils lorsqu'il est né. À oui, la dernière fois que je l'ai vu il avait une quinzaine d'années, il voulait me voir pour savoir combien d'argent il pourrait avoir ! Tu te rends compte ? Voilà comment ils ont élevé leur gosse ma fille et son abruti de Mari ! Je ne les ai plus revus depuis. Son fils est nul à l'école, il ne fait que des conneries et se prend pour Dieu tout-puissant. Tu te rends compte ? Il a déjà passé plusieurs jours en centre spécialisé pour adolescents en difficultés. Et maintenant, ils veulent que je les aide pour réparer ses conneries ?

— Je vois. Rien à voir avec notre petit Lucas, répondit Jean.

— C'est clair ! Allez, on va au parc ensemble avant que je ne tue quelqu'un !

Ils se dirigèrent sur leur banc, mais d'autres personnes étaient assises à leurs places habituelles.

— Et merde ! fit André. Décidément, ce n'est pas ma journée.

— On ne va tout de même pas finir la journée comme ça ? dit Jean totalement dépité.

Finalement, il se mit à sourire.

— Viens avec moi et ne dit rien à part oui.

André le suivit sans trop comprendre.

Au moment où ils passaient devant les personnes qui se trouvaient assises et en pleine discussion, Jean dit :

— Tiens ? Ils ont déjà nettoyé le banc ou ce pauvre type est mort il y a deux jours ? Y avait du sang partout pourtant.

— Faut croire répondit André en se retenant de rire.

Ils tournèrent au coin et attendirent. La réaction fut immédiate. Le banc se trouvait déjà libre et les personnes s'éloignaient rapidement.

Ils prirent leurs places habituelles en se tordant de rire.

— Alors là, fit André. Tu m'en as bouché un coin !

— J'apprends vite, qu'est-ce que tu crois ! J'ai le meilleur des professeurs !

Ils se mirent à rire une nouvelle fois.

— Je peux savoir ce qu'il y a de drôle ? demanda soudain Lucas qui venait d'arriver.

Il scrutait les environs et ne voyait rien de drôle. André lui raconta en détail ce qui venait de se passer.

— Non ? Jean ? Vous n'avez pas fait ça ? fit celui-ci encore plus étonné.

— Ben… Si. répondit Jean faisant semblant d'être penaud.

Ce fut une nouvelle crise de rire collective.

— J'aurais bien voulu voir leur tête !

— Figure-toi que l'on n'a pas eu le temps de voir non plus, ils ont détalé bien trop vite, répondit André.

Ce qui leur valut une nouvelle crise de rire.

Le samedi suivant, ils retournèrent tous en boîte de nuit. La soirée avait relativement bien commencé et tous dansaient comme des forcenés. Jusqu'au moment où une bagarre éclata entre deux jeunes en plein sur la piste de danse. Tous reculèrent pour éviter les coups qui partaient dans tous les sens. Le vigile les sépara et la gendarmerie les emmena rapidement. La soirée reprit son cours comme si rien ne s'était passé. Le groupe des vieux de la vieille n'avait pas pris d'alcool ce soir-là. Ils avaient pris la voiture de Léo. Ils rentrèrent tranquillement en prenant les petites routes. Léo regardait la route quand soudain une grosse masse noire passa devant la voiture. Il freina brusquement ce qui surprit tout le monde, mais la voiture dérapa et s'enfonça dans le fossé.

— Vous n'avez rien ? demanda-t-il.

— Lucas ! appela soudain André en apercevant que celui-ci avait la tête en sang. Lucas !

— J'appelle les secours ! cria Éric.

— Jean ? Jean ! cria encore André.

Une heure après, tous se retrouvèrent aux urgences. Tous furent examinés un par un et tous subirent une prise de sang.

Le gendarme vint prendre leur déposition peu après. Ils se trouvaient tous dans la même chambre en train de rire.

— Pour quelqu'un qui vient d'avoir un accident, je vous trouve bien joyeux, dit celui-ci en les regardant attentivement.

Il avait appris que les prises de sang s'avéraient toutes négatives. Personne n'avait bu d'alcool.

— On s'en est sorti vivant, dit Lucas qui avait un bandage à la tête.

— Oui, parce que vous n'avez pas bu et que vous rouliez à une vitesse convenable, répondit le gendarme.

— Je ne pourrais pas en dire autant de la voiture, fit Jean.

— Il y a les assurances pour ça, répondit un homme qui venait d'entrer.

— Papa ! cria Léo. Je suis désolé.

— Ce n'est pas grave mon fils. L'essentiel c'est que tout le monde aille bien. On m'a expliqué la situation.

— Mais la voiture…

— Une voiture, ça se change, confirma Jean. Pas une vie.

— Alors, c'est vous dont nos fils n'arrêtent pas de parler ?

André regarda Jean avant déposer à nouveau son regard sur le père de Léo.

— Oui, répondit finalement Jean.

— Eh bien, bien que je sois surpris, je suis content que vous soyez là. Vous semblez avoir une bonne influence sur tout le groupe.

— Merci, répondit André avec soulagement.

Il était vrai qu'ils n'avaient jamais pensé aux parents de ces jeunes ni ce qu'ils penseraient de leurs actions.

— Je vous ramène ? demanda le père de Léo. Vos parents ont été contactés et on s'est mis d'accord.

— Bien, fit Lucas.

— Je vous ai appelé un taxi, informa le père de Léo à André et Jean.

— Nous vous remercions, répondit André.

— Je vous attends tous en bas dans ce cas, dit-il avant de sortir.

— On a vraiment eu de la chance, dit Éric. On aurait pu finir comme ceux de l'autre jour.

— Comme l'a dit le gendarme, vous n'aviez pas bu et vous ne rouliez pas vite, dit André. Vous avez mis toutes les chances de notre côté pour survivre à une telle situation.

Tous se regardèrent en silence.

— Je ne voudrais pas vous mettre dehors, dit un infirmier en passant la tête dans la chambre, mais nous avons d'autres urgences en cours et nous avons besoin de la chambre.

— C'est bon on dégage, fit André en reprenant l'expression préféré des jeunes, en se levant et en sortant de celle-ci, suivis du groupe.

André et Jean rentrèrent en Taxi.

— Ça te dérange, si je dors chez toi ce soir ? demanda Jean à André.

— Non, répondit celui-ci. J'allais justement te le demander. Je n'ai pas vraiment envie d'être seul ce soir.

— Moi non plus pour t'avouer la vérité.

Ils se retrouvèrent assis devant le canapé à regarder un film et à manger des chips. Ils n'arrivaient pas à dormir. Ils venaient seulement de se rendre compte que leur vie aurait pu s'arrêter ce soir-là.

— Je m'en serais voulu si nous avions perdu l'un d'eux, dit soudain André. Nous encore, ça peut passer. On a suffisamment vécu. Mais eux, ils ont toutes leurs vies devant eux.

— Il y en a combien comme ça qui meurent sur la route en rentrant de boîte de nuit ? dit Jean.

— Beaucoup trop à mon goût, répondit André.

— Parfois, la vie n'est pas juste.

— Elle n'a jamais été juste, dit André. Elle est impitoyable même. Seuls les plus forts survivent. Les plus forts et ceux qui possèdent ce que l'on appelle la chance.

Ils s'allongèrent directement sur le sol en regardant un dernier film. Cette fois, ils n'en virent pas la fin. Ils s'endormirent rapidement et ne se réveillèrent qu'en plein milieu de l'après-midi.

9

André et Jean venaient juste de prendre place sur leur banc habituel, lorsque Lucas vint les rejoindre avec Léo.

— Vous n'êtes pas en cours aujourd'hui ? demanda André.

— Eh, c'est les vacances André ! s'écria Lucas.

— Encore en vacances ! Mais vous travaillez quand dans l'histoire ? demanda Jean.

— C'est la fin de l'année ! répondit Lucas. C'est les grandes vacances !

— Dites-moi, ma tante me prête sa maison qui se trouve au bord de la mer, commença Léo. Et je me disais que vous pourriez venir avec nous pendant les deux semaines.

André regarda Jean puis Léo avec étonnement.

— Vous les jeunes ? Vous nous invitez à passer les vacances avec vous ?

— Eh bien, pour être honnêtes mes parents accepteraient seulement si vous veniez. Ils travaillent tous les deux et je serais le seul majeur avec le permis alors…

— Je n'ai jamais vu la mer, dit soudain Jean les larmes aux yeux.

— Alors ? demanda Léo avec une pointe d'inquiétude. Vous acceptez ?

— Bah, de toute façon, on n'a rien d'autre à faire répondit André en souriant.

— Super ! cria Léo. Je viendrais vous chercher en voiture dès samedi en début d'après-midi.

— Ça marche ! répondit André en regardant les jeunes repartir visiblement ravis.

— Je vais voir la mer pour la première fois de ma vie, dit Jean visiblement sous le choc.

— Tu n'as jamais vu la mer ? demanda André qui avait bien du mal à y croire.

— Non, répondit Jean. Je n'en ai pas eu l'occasion.

— Tu vas voir, c'est merveilleux ! Le sable, les mouettes, les vagues, l'odeur du sel…

— On pourra marcher pieds nus dans le sable ? Comme à la télé ?

— Évidemment !

— Je n'aurais jamais cru voir la mer un jour.

André et Jean attendirent la fin de la semaine avec impatience. Jean lui avait déjà bouclé sa valise dès le lendemain de l'annonce du départ. C'est avec une certaine excitation qu'ils attendirent Léo ce samedi-là. Ils avaient l'impression d'avoir rajeuni de plus de vingt ans. Ils n'iraient pas en boîte pendant les deux semaines, mais peu leur importaient. C'était une occasion inespérée.

Le voyage fut assez long et fatiguant pour beaucoup. Jean regardait défiler le paysage avec attention, ce qui faisait sourire André et les autres. Jean s'efforçait de retenir ses larmes par moments et détournait la tête. Il regardait les autres voitures aussi chargé qu'eux pour les vacances.

— Cette fois, c'est moi qui suis dans la voiture, se dit-il. Moi aussi je pars en vacances !

C'est fort tard dans la nuit qu'ils arrivèrent dans la maison. Ils avaient mangé au Macdonald et pour André et Jean, cela avait été leur première fois.

Ce fut d'ailleurs une de leurs plus belles crises de rire du début de leurs vacances.

Jean et André attendaient visiblement quelque chose après avoir été servis.

— Vous ne mangez pas Jean ? avait demandé Léo.

— Je vous promets que c'est mangeable, rajouta Lucas.

Jean semblait visiblement gêné.

— C'est quoi alors le problème ? demanda Éric.

— Eh bien… Ces cons, ils ont oublié les couverts, avait répondu celui-ci.

Lucas avait failli s'étouffer avec son coca et ce fut la crise de rire générale. Ils s'étaient d'ailleurs tous fait remarquer dans le restaurant.

— Jean, c'est un faste Food, il n'y a pas de couvert ! avait répondu Lucas entre deux crises de rire. On mange avec nos doigts.

— Maintenant on mange comme des sauvages ? avait demandé André. De mon temps je me serais fait sermonner par mon père. Encore plus dans un restaurant !

— C'est comme un sandwich, vous ne me mangez pas avec des couverts, avait dit Éric.

— Vu comme ça, avait répondu Jean en imitant Lucas.

André avait fait de même.

Ils avaient chacun rejoint leur chambre et tous ne tardèrent pas à trouver le sommeil.

Lorsque André se réveilla et qu'il descendit dans la cuisine les jeunes étaient déjà réveillés et avaient préparé le petit déjeuner. Jean survint peu après.

— On va à la plage après ? demanda Lucas.

— Et comment ! s'écria Éric.

Jean enleva ses chaussures et marcha pour la première fois de sa vie avec délice sur le sable chaud d'une plage.

— C'est géant ! fit celui-ci en bougeant ses doigts de pied.

— On va faire une partie de volley ! s'écrièrent les jeunes en installant tout le matériel.

— Oui, vaut mieux se baigner l'après-midi, l'eau sera plus chaude, informa Lucas.

— Nous on va marcher un peu et après on vous regardera jouer, répondit André.

Les jeunes acquiescèrent de la tête et commencèrent leur partie. Jean accompagna André.

— Alors ? demanda celui-ci. Qu'est-ce que tu en penses ?

— J'aurais vraiment manqué quelque chose de ne pas avoir vu la mer avant de mourir, répondit celui-ci. C'est vraiment une chance d'avoir pu connaître ces jeunes.

— Oui, nous avons une réputation de grabataire et eux de fouteurs de merde. Finalement en apprenant à se connaître, il n'y a rien de tout ça.

— C'est la société qui veut ça, répondit Jean.

— Une bonne leçon de vie. Comme quoi on en apprend à tout âge.

Ils marchèrent un moment en observant la plage et firent demi-tour en arrivant devant un banc de rochers.

André et Jean vinrent s'assoir près des jeunes et les regardèrent jouer tout en profitant du soleil. Finalement, ils s'amusèrent autant qu'eux à les regarder jouer. Éric était un mauvais perdant ce qui faisait rire tout le monde. Lucas se montrait relativement sportif et Léo jonglait entre les deux. Finalement, André se leva et rejoignit Éric. Cette fois ce fut le groupe de Lucas qui perdit un point.

— Non, mais c'est pas vrai ! s'écria celui-ci.

Jean les rejoignit également.

— Oh ! C'est de la triche ! s'écria Léo.

— Vous êtes jeunes et pleins de vie ! cria André. Nous on est un peu ramolli ! Enfin on se le demande parfois…

Ils firent une pause peu après et Léo prépara le repas avec Éric tandis que Lucas leur faisait visiter les lieux.

— Là-bas, on pourra aller à la pêche et ici on pourra se baigner cette après-midi.

— On pourra faire les carpettes sur la plage ? dit Jean. Comme à la télé ?

— Oui, répondit Lucas. C'est ça les vacances !

Le moment de la baignade fut aussi un moment de crise de rire. Jean avait voulu se jeter à l'eau, mais il revint en courant et en criant sur la plage.

— Elle est totalement gelée votre eau ! s'écria-t-il. Ils n'ont jamais dit ça à la télé !

— Évidemment Jean, vous croyez quoi ? Que c'était de l'eau chaude la mer ?

— Non ! Mais pas aussi froide que ça !

— Faut se mouiller avant de se jeter à l'eau, informa Lucas.

Le soir ils firent un barbecue. Cette fois ce fut Jean qui montra ses talents culinaires en la matière. Tous fuirent relativement conquis.

Ils discutèrent jusqu'à tard dans la soirée en regardant les étoiles. Jean aperçut soudain André qui se trouvait isolé sur la plage. Il le rejoignit laissant les jeunes à leur discussion.

— Est-ce que tout va bien ? demanda Jean.

— Je suis en train de réaliser la chance que nous avons de pouvoir vivre ce que nous vivons aujourd'hui, répondit André. C'était une journée merveilleuse. Une journée comme je n'en ai pas vécu depuis longtemps.

Jean prit place à ses côtés et regarda la mer lui aussi.

— Oui, vraiment de la chance. Tu ne peux même pas imaginer à quel point. Je n'avais pour ainsi dire jamais pris de vacances. Pas le temps, pas d'argent pour ça. Il y avait des tas de raisons. Je me rends compte qu'on est passé à côté de beaucoup de choses ma famille et moi.

— J'ai eu la chance d'avoir pris des vacances, je suis même allé dans certains pays étrangers, poursuivis André. Mais finalement, je n'en ai pas profité pour autant. Tant de choses se sont passées. On ne fait pas attention au temps qui passe. On ne se rend pas compte qu'un jour tout cela a une fin. Une fois que l'on s'en rend compte, c'est bien trop tard.

— Profitons de ces bons moments alors. On ne sait pas pour combien de temps on en a. Nos jours sont comptés maintenant. On ne peut plus retourner en arrière. Mais nous pouvons profiter pleinement de l'instant présent. En refusant ce que nous étions devenus, en forçant le destin nous avons changé les choses.

— Tu as raison Jean. En voulant ressembler à ces jeunots, on a eu mieux que ça. On a eu des amis. Une famille de substitution. Ça vaut tout l'or du monde. Nous avons gagné du bonheur et de la joie de vivre. Dommage que cela soit temporaire.

— Autant de raison pour en profiter un max. Allez, on y va ? Ils vont se demander ce qu'on est en train de faire.

Le lendemain, ils décidèrent d'aller à la pêche. André se montra fort habile et tous profitèrent de son expérience. Ils purent manger le fruit de leur labeur le midi même. Ce fut Jean qui s'attela à la tâche pour les cuisiner au barbecue bien évidemment. Ce fut dans la joie et la bonne humeur qu'ils mangèrent et discutèrent joyeusement peu après. Ils devaient trouver des occupations qui pouvaient convenir à tout le monde.

Ils passèrent les quelques jours ainsi, entre les jeux sur la plage, la pêche, la baignade et se firent même quelques soirées dansantes avec la musique à fond. Jean rayonnait de joie. André les regardait de temps en temps avec nostalgie.

Ils montèrent quelques fois en ville pour visiter les lieux et faire un peu de shoping. André leur offrit un souvenir à chacun d'eux. Ils se prirent en photo pour garder des souvenirs. Ils mangèrent au restaurant.

Un matin cependant André ne semblait pas vraiment en forme. Il préféra rester à l'intérieur de la maison pour se reposer. Jean suivit donc les jeunes dans leurs activités non sans inquiétudes. Ils passèrent plusieurs fois à tour de rôle pour venir le voir. Celui-ci avait refusé d'aller voir un médecin leur disant que c'était simplement de la fatigue. Le jour suivant il semblait toutefois aller mieux. Il ne fit pas d'exploit, mais suivit le groupe dans toutes leurs activités. Ils retournèrent à la pêche ce qui sembla lui faire le plus grand bien. Ils effectuèrent même un tour de bateau ce qui ne rassura pas Jean qui bien évidemment ne savait pas trop nager. Pourtant il se baigna avec eux l'après-midi tout en restant bien là où il avait pied.

Éric fit soudain une grimace de douleur et rejoignit la plage en boitant. Il s'assit sur le sable le pied en sang. André regarda la blessure.

- Tu t'es coupé avec un coquillage certainement. Il faut nettoyer la plaie et la désinfecter.

Léo rapporta rapidement la trousse de secours et Jean s'attela à la tâche.

- Merci, dit Éric lorsque ce fut fini.

- De rien, mais je crains que la baignade soit terminée pour toi.

- Ce n'est pas grave, répondit celui-ci. L'essentiel c'est que je puisse rester avec vous jusqu'à la fin des vacances. Si cela avait été beaucoup plus grave j'aurais fini à l'hôpital. Ça aurait été beaucoup moins drôle.

— Tu as raison mon garçon. Cela ne nous empêchera pas de nous amuser encore.

Ce qui ne les empêcha pas de poursuivre leurs activités. Il ne restait plus beaucoup de jours. La fin des deux semaines arrivait à grands pas.

Lucas et Léo tentèrent de faire du ski nautique, pour pimenter le tout, ils avaient ouvert les paris sur le nombre de chutes qu'ils feraient. Ce fut Jean qui gagna allègrement avec un totale de huit chutes pour Lucas contre cinq pour Léo.

Ils rentrèrent le soir complètement exténués mais en ayant mal au ventre tellement ils avaient bien ri.

Ils repartirent tranquillement en début d'après-midi le lendemain. C'est avec nostalgie que Jean regardait le paysage défiler. Cette fois il regardait les voitures chargé partir en vacances tandis que lui était sur le chemin du retour. Mais au fond de lui il était heureux. Heureux d'avoir pu vivre ces moments inoubliables. Il regarda chacun des jeunes qui étaient en train de parler des meilleurs moments qu'ils avaient vécus. Son regard se porta alors sur André qui lui aussi semblait ailleurs. Il sentait de l'inquiétude. Celui-ci tourna la tête vers lui et lui sourit.

— On a passé les meilleures vacances : s'écria Éric en s'étirant.

— Doucement jeune homme, vous n'êtes pas seules dans la voiture ! protesta André en riant.

Ils rentrèrent tard le soir-même. Léo raccompagna Jean puis André et ensuite les autres avant de rentrer chez lui.

10

Jean ferma la porte de son appartement et rejoignit André au parc. Il l'aperçut sur le banc avec Éric, Lucas et Léo. La discussion allait bon train.

— Jean ! s'écria Léo, ça vous dirait de venir avec nous chercher des champignons ?

— À cette époque ? Vous ne trouverez pas autre chose que des pieds-de-mouton et éventuellement des cèpes.

— Et bien, c'est pas grave, l'hiver on peut pas trop y aller à cause de la chasse.

— Eh je suppose que vous savez à quoi ça ressemble ?

— Je crois que c'est jaune et c'est assez petit, répondit Léo. André nous a dit que vous connaissiez bien les champignons ! Avec vous ça devrait aller ! !

— Vous avez de la chance, parce qu'un champignon peut être dangereux si vous prenez n'importe quoi.

— Vous nous apprendrez ! Et puis vous nous montrerez comment les préparer !

— Ok, mais pas de chemin à la Indiana Jones ! Faut tout de même que nous, les vieux de la vieille puissions vous suivre !

Tous se mirent à rire.

— Jean, on est plus au Moyen âge ! Il y a des sentiers praticables entretenus par les forestiers maintenant ! s'écria Éric.

— Bien alors puisque la météo prévoit du beau temps demain, on pourrait y aller demain après-midi ? proposa Lucas.

— Entendu, répondirent André et Jean.

Ils discutèrent de tout et de rien et se séparèrent en fin d'après-midi. André passa à la pharmacie du centre chercher une trousse de secours et prépara un petit sac à dos le soir même. Jean fit de même. Cela faisait longtemps qu'ils n'avaient pas fait de petite expédition de ce genre. Très longtemps même…

Ils se retrouvèrent le lendemain en bas de l'immeuble de chez André. Léo avait pris la voiture familiale. Ils chargèrent les sacs à dos d'André et Jean en fronçant les sourcils.

— On part juste une après-midi, mais pas deux ou trois jours ! dit-il.

— On sait jamais ce qui peut se passer, mieux vaut être prévoyant, répondit André.

Léo prit le volant. Éric était du côté passager. Lucas se trouvait à l'arrière avec André et Jean. Ils roulèrent un bon moment avant que Léo prenne un chemin et n'arrêta la voiture dans un renfoncement.

— J'y suis allé plusieurs fois avec des amis à mes parents il y a un an.

— Bien, j'espère que tu connais le chemin, parce que moi j'ai du mal à me repérer dans la nature, dit Lucas.

— C'est par là ! répondit Léo après avoir donné les sacs à dos à André et Jena. Tous le suivirent.

Les chemins étaient relativement bien entretenus comme l'avait annoncé Éric et André et Jean n'avaient pas de mal à les suivre. Ils marchèrent un bon moment avant de trouver un banc de champignons sur les côtés.

— Vous voyez ! Je vous avais dit qu'il y en avait plein ! s'écria Léo visiblement ravi.

— Il faut en laisser un peu pour que cela revienne l'année d'après, informa André.

— D'accord, répondirent-ils.

Sans s'en rendre compte, ils sortirent des sentiers à la recherche de champignons. Ils en trouvèrent suffisamment pour faire une omelette pour cinq personnes.

— Faudrait peut-être penser à rentrer, fit soudain Lucas en observant les alentours avec une certaine inquiétude.

Léo regarda autour de lui visiblement gêné.

— Non ! Ne me dis pas que nous sommes perdus ! s'écria Éric.

— Ben, désolé, j'étais tellement occupé à ramasser les champignons que je n'ai pas regardé où nous allions.

— C'est malin ! s'écria Lucas. On rentre comment maintenant ?

— Pas de panique ! dit André. Dans ces moments-là, il faut d'abord rester calme.

— Rester calme ? J'ai pas envie de dormir dans la forêt moi ! s'écria Éric.

— Sans vouloir vous vexer, la forêt est beaucoup moins dangereuse que la ville en pleine nuit, répondit Jean.

— Ça me fait une belle jambe, répondit Éric.

— Bien, procédons par ordre. Voyons voir si nous pouvons entendre le bruit éventuel de voiture, proposa Jean en scrutant les environs.

Tous gardèrent le silence un moment. Mais ils n'entendirent rien de probant.

— Bon, on doit être relativement loin de la circulation.

— On est perdu ! fit Éric.

— Je suis sincèrement désolé, répondit Léo.

— Cela fera une aventure de plus pour le club des vieux de la vieille ! fit Lucas.

— Bon, visiblement nous sommes loin de la route, confirma Jean.

— Nous venions de par là, dit soudain Lucas. Je me souviens de cet arbre cassé.

— Alors, allons-y, répondit Jean.

Léo regarda l'heure sur son portable et avançait sans regarder où il mettait les pieds. Il faillit trébucher.

— Merde ! On n'a pas de réseaux ici !

— Forcément, nous sommes en plein milieu du bois ! répondit Lucas qui constata la même chose avec le sien.

— Il a fait chaud cet après-midi, dit Éric.

— Aille ! cria soudain Léo en se trouvant soudain à terre.

Tous aperçurent la silhouette d'un serpent s'enfuir au loin.

— Elle m'a mordu cette salope ! Elle m'a mordu ! Je l'ai pas vu ! Je lui ai marché dessus !

Jean se rapprocha rapidement de Léo.

— C'était une vipère ! Ne bouge pas ! dit-il en enlevant son sac à dos.

— Je vais mourir ! cria Léo totalement paniqué.

— Mais non ! répondit Jean. Allonge-toi et calme-toi ! Personne ne meurt avec une morsure de vipère aujourd'hui.

— Vous en êtes-sûr ? demanda Léo visiblement inquiet.

— Parfaitement. Si ça peut te rassurer, je me suis fait mordre deux fois dans ma jeunesse. Et tu vois, je suis encore là.

Jean fouilla dans son sac.

— Où t'a-t-elle mordu ?

Léo lui montra sa cheville.

— Bien, enlève-moi ta chaussure, chaussette et relève ton pantalon !

Léo s'exécuta à l'aide de Lucas et Éric qui se positionnèrent à leurs côtés.

Jean sortit sa trousse à pharmacie et regarda les deux points de la morsure. Il sortit de l'eau savonneuse et nettoya la plaie dans un premier temps. Puis il utilisa un désinfectant. Il appliqua ensuite un bandage sur la cheville en partant du bas vers le haut.

— Jean, tu as déjà fait ça ? demanda André avec étonnement.

— Oui, à la ferme on était bien obligé de savoir se débrouiller. Dans le temps, il n'y avait pas de médecin ni de SAMU. Maintenant, va falloir le porter.

— On s'y colle ! répondirent Lucas et Éric.

Ils entendirent soudain le bruit d'un moteur.

— C'est un quatre-quatre ! reconnut Lucas.

— Par-là ! fit Éric qui l'aperçut.

— Faut le rattraper ! cria Jean.

Lucas et Éric coururent aussitôt vers celui-ci.

— C'est le garde-chasse ! cria Lucas qui l'avait reconnue.

Le quatre-quatre s'arrêta et ils lui expliquèrent rapidement la situation.

Éric et Lucas transportèrent Léo jusqu'au quatre-quatre.

— Vous avez dû garer votre voiture près du chemin trente-six. En prenant ce sentier, vous tomberez dessus forcément. J'emmène ce jeune homme aux urgences je peux prendre une personne avec nous.

— Vas y Jean, dit André à Jean, moi je ramenais la voiture.

— Entendu dit Jean en montant à côté de Léo.

Le quatre-quatre partit aussitôt.

André et les autres prirent le sentier et retrouvèrent effectivement la voiture. Ils arrangèrent le panier à champignons et André prit le volant.

— On va aux urgences ! dit Éric.

C'est parti ! cria André en conduisant.

— Vous vous êtes amélioré en conduite André.

— Avec vous y a intérêt ! répondit celui-ci.

— J'espère que ce n'est pas grave, fit Lucas visiblement inquiet.

— Non, Jean à raison, les morsures de vipères sont rarement mortelles aujourd'hui. Léo sera pris en charge très rapidement.

André prit la direction de la ville. L'hôpital se trouvait à plus d'une quarantaine de kilomètres.

— Il faudrait peut-être prévenir ses parents, dit soudain André en regardant la route avec attention.

Conduire dans une petite ville était une chose, mais prendre la route et conduire dans une grande ville en était une autre. André devait rester attentif à tout. Il avait perdu l'habitude.

— C'est comme le vélo, dit Lucas pour le rassurer. Cela ne se perd pas.

— Merci, répondit celui-ci.

André eut plus de mal pour se garer, ne connaissant pas bien la voiture. Ils descendirent en courant et se précipitèrent aux urgences tandis que Luca était en train de prévenir les parents de Léo.

— Alors ? demanda André en retrouvant Jean qui attendait dans la salle d'attente.

— Ils l'ont pris en charge rapidement, répondit Jean. J'attends que le docteur ait fini.

— Bon, y a plus qu'à attendre.

André prit place sur l'un des sièges. Ils attendirent en silence.

— On a vraiment eu de la chance d'être tombé sur le garde forestier, dit soudain Éric au bout d'un moment.

— On aurait retrouvé la voiture, répondit André. Elle n'était pas loin finalement.

Au bout d'un moment, un couple débarqua aux urgences avec précipitations. Ils avaient vraiment l'air inquiets. Lucas les reconnut aussitôt et se dirigea vers eux. Il les ramena dans la salle d'attente.

— Comment va-t-il ? demanda sa mère.

— Je pense que ça devrait aller, répondit Jean. J'ai déjà eu ce type de morsure. Je pense que ce n'est pas grave.

Le médecin apparut soudain avec Léo qui boitait, mais qui avait une bande à la cheville.

— Je ne sais pas qui s'est occupé de lui, mais la personne à fait ce qu'il fallait. Ce jeune homme a eu ce qu'on appelle une morsure blanche. Il ne semble pas y avoir de venin, c'est une chance. Nous allons tout de même garder ce jeune homme en observation pendant vingt-quatre heures au cas où. Mais je pense que ça ira.

— Merci docteur, répondit sa mère en se jetant dans les bras de son fils.

— Merci Jean, dit Léo.

— De rien, répondit celui-ci.

— Bien, je vais ramener tout le monde, dit le père de Léo. Nous avons tous eu notre lot d'émotions pour aujourd'hui.

André et Jean saluèrent Jean avant de partir accompagné du père de celui-ci, d'Éric et de Lucas.

Le lendemain, ils se retrouvèrent tous chez Léo pour déguster la fameuse omelette de Jean.

— C'est la meilleure omelette que j'ai mangé de ma vie ! fit celui-ci en s'étirant.

— Il ne suffit pas de les cueillir, dit Jean en riant. Il faut également savoir les préparer et les assaisonner.

— On peut dire qu'ils nous en auront fait vivre ces champignons ! dit Lucas.

— À qui le dites-vous ! répondit Éric.

— Je dois dire Jean qu'en matière de cuisine, tu nous dépasses tous, informa André.

— Chacun sa spécialité. Je faisais souvent le repas à la ferme. Dans le temps, on ne mangeait pas vos trucs en cartons ! On devait savoir se débrouiller avec ce que nous trouvions !

Tous se mirent à rire.

— Dans le temps on avait plus le temps de faire à manger, répondit Léo.

— C'était aussi une question de survie, dit André.

André prit sa veste et rejoignit Jean devant chez lui. Il y avait une fête au parc dans l'après-midi. Ils avaient décidé d'y aller avec les jeunes. Ils se rencontrèrent donc tous à l'entrée du parc. Il y avait un peu de monde en ce début d'après-midi de beau temps. De nombreux stands et animations s'y trouvaient. Ils les firent presque tous. André semblait vraiment doué au tir à la carabine et gagna de nombreux lots qu'il offrit aux jeunes filles.

— Nous on a fait l'armée lorsque nous avions votre âge ! On a appris à tirer ! leur dit-il en souriant devant leur étonnement.

Ils continuèrent plus loin. Cette fois ce fut Jean qui fut doué au lancement de boules sur des boîtes de conserve. Ils continuèrent encore plus loin.

— Il y a des chevaux ! s'écria soudain l'une des jeunes filles. On peut faire un tour à cheval ? Ce serait génial !

— Je parie que vous n'êtes jamais monté sur un cheval ! fit soudain Lucas en jubilant devant la mine déconfite d'André et de Jean. On n'apprend pas ça à l'armée ?

— On n'a qu'à tous y participer ! fit une autre jeune fille.

— Très peu pour moi, fit André en jetant un œil à la monture qui se trouvait non loin de lui et qui s'apprêtait à partir avec un nouveau cavalier.

— Allez ! Ce n'est pas tous les jours que vous pouvez faire ça ! s'écria Lucas. C'est une bonne expérience !

— On vous prendra en photo ! fit une autre. Cela nous fera des souvenirs !

— Et si ce machin-là se barre au galop, je fais quoi moi ? Y a pas de frein là-dessus !

Ils se mirent à rire.

— Les freins c'est les reines André, et puis là vous ne ferez que du pas et la personne qui nous fait monter restera avec nous tous le long de la balade. On ne risque absolument rien ! fit Éric.

— Ça ne m'enchante pas non plus, dit Jean. Mais Lucas a raison. On a dit qu'on faisait comme les jeunes alors, on monte nous aussi ! Après tout ils vont justes nous porter d'un endroit à un autre.

— Dans ce cas je monte avec le groupe d'André et de Jean ! s'écria Lucas visiblement ravi.

André regarda Jean qui haussa les épaules. Ils les suivirent jusqu'aux chevaux. Ils attendirent que le groupe d'avant ait fini pour pouvoir monter avec Lucas, Éric et Léo. Cette fois, André ne parut pas très fier.

— Vous êtes sûr que ces machins-là ne vont pas partir en courant avec moi sur le dos ? demanda-t-il à la femme qui l'aida à monter.

— Non, répondit-elle en riant. Vous savez, il y a de nombreuses personnes de votre âge qui commencent l'équitation.

— Vraiment ? s'étonna André.

— Oui, et nos chevaux ont été formés pour ça. Ils savent ce qu'il faut faire. Et là nous ne ferons que du pas tranquille. Vous ne risquez absolument rien. Je resterais avec vous si vous le désirez.

— On pourrait faire une photo de groupe Madame ? demanda Lucas. Cela nous ferait un excellent souvenir !

— Bien sûr ! répondit-elle en les aidant à se mettre en selle et en plaçant les chevaux l'un à côté de l'autre.

— Tu as déjà monté sur un cheval ? demanda soudain une petite fille à André qui tentait de se mettre bien assis bien droit dans sa selle.

— Non, répondit celui-ci.

— Ça se voit. Alors tu dois avoir peur. Moi j'ai eu peur la première fois.

— Je ne suis pas rassuré si tu veux tout savoir, avoua André.

— Ne t'en fais pas, je le connais lui, il n'est jamais parti au galop comme ça. Il est gentil. Et même si tu tombes, il s'arrête et t'attend !

— C'est censé me rassurer ?

— Ben oui ! répondit la petite fille. Il pourrait très bien partir et te laisser sur place où te marcher dessus !

— Merci, répondit André qui finalement aurait préféré redescendre.

— De rien ! répondit la petite fille en s'éloignant.

Ils furent littéralement mitraillés de photo.

Ils commencèrent le tour au pas. André se trouvait en tête de la troupe avec la personne qui les avait aidés à se mettre en selle. Au début, il ne fut pas vraiment rassuré et regardait sans arrêt la tête de sa monture. Mais celle-ci marchait tranquillement dans un calme absolu ignorant la foule et les enfants qui couraient à côté. Son stresse passa finalement petit à petit et il se mit même à aimer cette balade. Il se laissa aller en sentant chaque mouvement de l'animal.

— Jean avait raison, se dit-il. Cela aurait été dommage de rater ça. Finalement c'est cool de monter à cheval.

Il se retourna vers Jean qui se trouvait derrière lui. Celui-ci lui sourit. Il semblait relativement à l'aise sur son grand bai. Quant à Lucas, c'était certainement le plus heureux de tous. On aurait dit qu'il avait monté toute sa vie. Léo et Éric suivaient derrière totalement impassibles. Les jeunes filles les suivirent à pied et reprirent plusieurs photos avec leur portable pour certaines, et un appareil photo numérique pour d'autres. La descente fut cependant beaucoup moins facile que la montée. André se retrouva avec des jambes qui eurent du mal à le porter.

— Doucement en descendant, prévint la femme qui les avait fait monter. Surtout pour ceux qui montent pour la première fois.

— Merci de nous prévenir, fit André en se retenant quelques secondes à la selle de son cheval pour ne pas tomber. Merci mon gars.

Ce fut ensuite les filles qui montèrent à cheval. Lucas et les autres les prirent en photo pendant qu'André et Jean s'évertuaient à retrouver une marche quasi normale et surtout ils devaient trouver les toilettes le plus rapidement possible...

Ils se rejoignirent tous à une terrasse pour boire un verre. Les discussions allaient bon train.

— Fallait voir André sur son canasson ! disait Éric. Raide comme un coup de trique.

Tout le monde se mit à rire.

— Moi ? Raide comme un coup de trique ? Depuis quand vous nous piquez nos expressions à nous les vieux ? demanda-t-il faussement vexé.

— Depuis qu'on fait partie du club des vieux de la vieille ! répondit joyeusement Lucas entre deux crises de rire.

— C'est malin ! fit Jean.

Ils refirent le tour de la fête en visitant les derniers stands. Ils se séparèrent en début de soirée. Ils n'allèrent pas en boîte de nuit ce jour-là, mais ils s'étaient bien amusés et surtout ils avaient passé de bons moments.

Jean retrouva André le lendemain au parc. Il n'y avait plus rien de la fête de la veille. Tout avait été soigneusement nettoyé. Ils prirent leur place habituelle. Ils restèrent un moment sans rien dire en pensant à la journée d'hier.

— On s'est bien amusé hier, dit finalement Jean au bout d'un moment.

— Oui, mais cette balade à cheval m'a littéralement retourné le dos.

— Je te rassure, à moi aussi. Et je ne te parle pas de mes jambes. Elles sont en compote.

— Mais c'était une bonne expérience, continua André. Finalement on s'amuse bien avec les jeunes.

— C'est clair, si nous étions restés dans notre coin, on n'aurait jamais fait tout ça, admit Jean. On se serait fait chier en bonne et due forme, comme disent les jeunes.

Ils se mirent à rire.

— Je crois que je n'ai jamais autant ri de toute ma vie. Ou alors, j'ai oublié.

— Je crois qu'on ne mourra pas comme de vieux croutons finalement, fit Jean. Et ça, c'est la plus belle chose de notre fin de vie.

— Non, répondit André. Nous ne sommes plus seuls maintenant. Nous avons des amis.

— C'est fou ce que la vie peut nous réserver comme surprise parfois.

Ils regardèrent une personne âgée passer devant eux. Elle était seule.

— Tu as raison André, dit Jean. Nous ne sommes plus seuls maintenant. Le club des vieux de la vieille s'est agrandi. Même s'ils sont beaucoup plus jeunes que nous. Ça fait vraiment du bien de passer du bon temps.

— Tu l'as dit ! dit André en apercevant Lucas qui arrivait.

— Alors ? Pas trop mal aux fesses avec la balade d'hier ? demanda-t-il en riant.

— Il nous cherche là ? demanda André.

— Je crois bien ! répondit Jean.

— Tenez ! dit Lucas en leur tendant à chacun une enveloppe de taille moyenne.

André et Jean la prirent et l'ouvrirent en même temps. Ils y trouvèrent une photo de groupe à cheval, mais également celles des vacances à la plage.

— Déjà ? s'étonna André.

— Ben oui, avec les ordinateurs et le numérique on peut sortir nous-mêmes nos photos maintenant !

— Eh bien, ça du faire plus de chômage du côté des photographes professionnels, lança Jean.

— Ça nous coûte surtout moins cher ! Et c'est surtout beaucoup plus rapide, dit Lucas en s'asseyant sur le banc lui aussi. Évidemment, ça remplace pas les bonnes vieilles photos de qualité.

— Ça fait un bon souvenir, dit Jean en rangeant la photo dans l'enveloppe. Merci.

— Alors ? Où en sont tes études ? demanda soudain André à Lucas.

— Eh bien, je cherche une fac de droit pas trop chère, répondit celui-ci. Avec mon dossier, je serais accepté partout. Reste à trouver l'argent. J'ai trouvé un travail pour cet été. J'ai vraiment eu de la chance.

— C'est bien, dit André.

— Je profite de pouvoir aller en boîte et m'amuser avec mes potes. L'année prochaine ce sera fini. On sera tous éparpillés pour nos études aux quatre coins de la France. Mais bon, on en aura bien profité. C'est l'essentiel.

— C'est quand on est jeune qu'on doit en profiter, admit André. Après c'est le monde impitoyable du travail, des factures et des impôts.

— Ça ne m'enchante guère de rentrer dans ce système pour être honnête, dit Lucas. J'ai l'impression que quoi que nous fassions, c'est toujours les même qui ont de l'argent et la belle vie et toujours les même qui triment au travail pour survivre.

— Ce n'est pas une impression jeune homme, dit André avec sérieux. C'est la réalité des choses dans ce monde malheureusement. C'est bien pour ça que vous les jeunes vous devez changer tout ça. C'est à vous de faire le monde de demain. Mais vous ne pourrez le faire qu'ensemble.

— Je me demande pourquoi le monde a tourné ainsi, dit Lucas. On pourrait tous être heureux et finalement ce n'est pas le cas.

— Le monde est régi par la cupidité, dit André. Les gens sont devenus des robots. Ils rentrent le soir du travail, et la première chose à laquelle ils pensent c'est ce qu'ils vont manger et quel film ils vont regarder à la télé. Ils ne se posent pas plus de questions. Pendant ce temps, le monde tourne lui. Il tourne impitoyablement.

— Ça fait peur votre discours André, même si c'est la réalité en y réfléchissant bien.

— C'est justement pour cette raison que les gens tournent le dos à la réalité. Parce que ça fait peur. Mais ce n'est pas en tournant le dos à la peur que les choses vont s'arranger. Bien au contraire, elles ne font qu'empirer. Parfois, il faut prendre le taureau par les cornes et agir.

Comme tu l'as fait pour préserver tes parents et te sortir de la galère dans laquelle tu t'étais mis avec tes faux-amis.

— Je comprends ce que vous voulez dire André, répondit Lucas. Merci. Je me souviendrais de cette conversation, lorsque je serais avocat.

Lucas se leva.

— Je dois y aller ! À demain !

André et Jean regardèrent Lucas disparaître au loin.

— T'aurais dû faire de la politique André, dit Jean.

— Non. Très peu pour moi. Je lui ai simplement ouvert les yeux sur ce monde. Rien de plus.

— Tu vas lui faire peur !

— Justement, c'est aux jeunes de prendre la relève, pour nous c'est trop tard maintenant. Nous avons laissé faire certaines choses et voilà où on en est maintenant. C'est malheureusement à eux de rectifier le tir.

— Ton discours paraît étrange tout à coup. T'es sûr que tu vas bien ?

— Moi ? Bien sûr que je vais bien ! mentit André en se levant. Bon à demain !

Jean se leva également.

— À demain ! répondit celui-ci en observant celui-ci avec inquiétude.

La semaine se passa tranquillement et ils retournèrent en boîte de nuit le samedi suivant. Jean remarqua qu'André semblait de moins en moins en forme. Mais celui-ci répondait toujours que ça allait bien lorsqu'il lui posait la question.

Le lundi suivant Jean qui était légèrement en retard à cause de sa voisine de palier fut étonné de ne pas trouver André sur le banc. Il fut surpris à la place de voir Lucas seul assis sur ce même banc. Il s'inquiéta subitement en apercevant sa mine déconfite. Lucas l'aperçut et se leva rapidement pour le rejoindre.

— Jean ! André a fait un malaise au parc ! cria Lucas visiblement inquiet. Ils l'ont emmené à l'hôpital ! Je n'ai pas pu vous prévenir ! Vous n'avez pas de portable et je ne sais pas où vous habitiez !

— Comment ça, il a fait un malaise ?

— Oui, nous parlions et puis soudain il s'est redressé et s'est tenu la poitrine. Heureusement que j'avais mon portable pour appeler les secours !

— Très bien j'y vais, va prévenir les autres !

12

Jean se rendit rapidement à l'accueil de l'Hôpital.

— Vous avez admis aujourd'hui un patient nommé André Malvau ! dit-il avec inquiétude.

La jeune femme pianota sur son clavier.

— Oui, répondit-elle chambre cent dix-sept.

— Merci ! répondit Jean avant de prendre l'ascenseur qui le conduisit à l'étage.

Il dut se renseigner auprès d'une infirmière pour trouver la chambre, mais le médecin qui se trouvait dans les environs avec un dossier l'interpella avant qu'il ne puisse entrer.

— Vous êtes son ami ? demanda celui-ci.

— Oui, pourquoi ? C'est encore cette fatigue ? Il aurait dû rester tranquille c'est ça ? tenta de se rassurer celui-ci. J'aurais dû être plus vigilant. J'aurais dû lui dire d'y aller doucement ! Il n'en fait qu'à sa tête !

— En réalité c'est beaucoup plus grave que ça, répondit calmement le médecin.

Jean fixa son regard sur celui-ci se demandant s'il avait bien entendu ou s'il avait bien compris.

— Comment ça bien plus grave ? Ce n'est pas ce qu'il m'a dit !

— Bien évidemment ! Il ne voulait pas que cela se sache. Mais je préfère vous prévenir. Votre ami n'en a plus pour très longtemps. Quelques heures tout au plus.

— Comment ça ? Ne me dites pas qu'il va mourir ? Ne me dites pas qu'il…

Le monde venait de s'écrouler autour de Jean.

— Je suis sincèrement désolé. Mais il n'y a plus rien à faire dans son état. Vous pouvez rester auprès de lui, autant qu'il le faudra. Personne ne vous dérangera. Je resterais dans les alentours en cas de besoin.

Jean entra lentement dans la chambre et prit place aux côtés d'André le cœur battant. Ils savaient tous les deux que ce jour arriverait tôt ou tard. Mais en général c'était toujours trop tôt. Finalement on n'était jamais prêt à affronter ce genre de situation même avec l'âge. On pouvait accepter de mourir, mais jamais de voir un des nôtres mourir. C'était tout bonnement impensable. Ce qu'ils avaient vécu ensemble passa rapidement en boucle dans son esprit. Jusqu'au moment où André se mit à bouger et tourna la tête vers lui.

— Jean, dit lentement André en levant les yeux vers lui. Tu es venu pour moi ?

— Évidemment que je suis venu pour toi ! répondit celui-ci.

— Je suppose que ce bougre de médecin t'a informé de mon état. Quel con celui-là. Il va tout gâcher.

— Pourquoi tu ne m'as rien dit ?

— Et gâcher le peu de temps qui nous restait ? On en a bien profité, n'est-ce pas ? Ce seront des moments à jamais gravés dans nos mémoires. On a vécu, ce que peu de personnes de notre âge auront vécu avant de passer l'arme à gauche. C'est une chance. Une chance unique. D'autant plus que nous avons entraîné des jeunes avec nous. Je dois dire que celle-là, elle n'était pas prévue au programme des vieux de la vieille. Mais qui s'en plaindrait ?

— Ne me laisse pas, répondit celui-ci les larmes aux yeux. Pas maintenant. J'ai besoin de toi, on a tous besoin de toi.

— Toute chose a un début, mais aussi toute chose a également une fin. Aujourd'hui, c'est la fin pour moi. C'est comme ça. On ne peut rien y faire.

— Non ! cria Jean. Pas comme ça !

— C'est ainsi. Ne soit pas triste. J'ai bien vécu. Jean, je suis vraiment heureux de t'avoir connu. J'ai passé les meilleurs moments de ma vie en ta compagnie, en compagnie de ces jeunes. J'attendrai que tu me rejoignes. Ne t'inquiète pas, j'ai tout prévu. Pour mes obsèques les tiennes et…

— Ne me laisse pas ! Je n'ai plus personne après toi !

— Si, tu as encore les jeunes et puis après tu me rejoindras toi aussi. Ce n'est qu'une question de temps Jean.

— Non ! cria Jean. Pourquoi ?

— Ainsi va la vie. La mort fait partie de la vie Jean. On aurait tendance à l'oublier. Nous ne sommes que de passage sur Terre.

Jean baissa la tête. Il ne put retenir ses larmes.

—Ne soit pas triste. Veille sur les jeunes pour moi. Je ne t'oblige pas à rester avec moi jusqu'à la fin si tu ne le veux pas ou si tu as peur. Je comprendrais.

—Non ! Je reste ! dit Jean en lui prenant la main. Je resterais jusqu'à la fin. Je ne peux pas t'abandonner. Pas maintenant !

—Quand je pense à ce que nous avons fait tous les deux. C'était vraiment grandiose. Cela a dépassé de loin toutes mes espérances. On a dragué beaucoup plus de filles avec nos yeux ces derniers mois que dans toute notre vie entière ! On s'est amusé comme des petits fous. On a réappris à vivre.

—Oui, c'est vrai, répondit Jean en souriant. On a fait comme les jeunes d'aujourd'hui. On, a été en boîte de nuit, on a dansé, on a fait les fous. On est partis en vacance. Nous sommes montés à cheval. On a bien rit.

—Je revois encore la tête de ce Papy lorsque toutes ces filles sont venues nous faire la bise au parc.

Ils se mirent à rirent de bon cœur.

— Et la tête du gendarme lorsqu'il a vu que nous étions allés en boîte de nuit comme il nous l'avait suggéré ! fit Jean.

— La meilleure c'est quand il a vu le couteau que j'avais emporté en boîte de nuit !

Ils se remirent à rire. Au loin le médecin les observait visiblement surpris.

— Les vieux de la vieille ne s'en sont pas trop mal sortis finalement, fit André.

— Mais ce sera plus pareil sans toi, dit lentement Jean. Comment allons-nous continuer de rire.

André jeta un œil dans le couloir où le médecin n'arrêtait pas de passer.

— Ce bougre de médecin attend que je passe l'arme à gauche pour récupérer ce lit et passer au client suivant.

Le visage de Jean se rembrunit.

— Ne soit pas triste. On a bien vécu finalement.

Ils restèrent un moment en silence. Jean avait le cœur qui battait la chamade. Jamais il n'aurait cru que ce serait si dur. Il avait autant envie de partir en courant que de rester. Il ne pouvait pas laisser son ami. Parce qu'André était devenu son meilleur ami sans qu'il ne s'en rende compte finalement. Tout comme l'était devenu Yves avant lui. Il s'était pourtant promis de ne plus recommencer. Pour ne plus souffrir. Mais ces derniers moments vécus avec André méritaient pleinement de les avoir vécus justement. Il ne regrettait rien, excepté que cela soit déjà fini. Ils avaient passés de bons moments ensemble. Des moments inoubliables.

— Je t'ai prévu une place à mes côtés au cimetière pour lorsque tu me rejoindras, dit lentement André. Tu n'auras rien à faire. C'était le fameux rendez-vous de l'autre fois. Je devais tout prévoir. Tu comprends ? Je ne voulais pas partir comme ça. Je ne pouvais pas.

— Merci, répondit Jean ne sachant pas quoi dire d'autres. Tu crois qu'on pourra faire la java là-haut aussi ? Lorsque je te rejoindrais ?

— Ça dépendra des voisins, répondit André.

Ils se mirent à rire une nouvelle fois. Jean remarqua cependant que le rire d'André semblait beaucoup moins fort cette fois.

— Surtout, ne te laisse pas faire face à ses administrations, dit soudain André. S'ils refont des erreurs comme la dernière fois, tu restes dans le bureau jusqu'à ce qu'ils les rectifient. Ne les laisse pas gagner parce que nous sommes vieux. Vieux ne veux pas dire faible. Bien au contraire, cela veut dire plus d'expérience, plus sage.

— C'est promis, répondit Jean dont le cœur recommençait à battre de plus en plus fort.

Il se demandait comment se faisait-il qu'il ne fasse pas un arrêt cardiaque tellement il battait fort. Il s'efforça de le cacher à André qui commençait à cligner des yeux.

— Je crois que c'est pour bientôt, dit lentement celui-ci en fermant les yeux. Toby doit m'attendre là-haut. Je crois même déjà l'entendre japper d'impatience.

— Si tu rencontres Yves, dit Jean les larmes aux yeux. Passe-lui le bonjour de ma part.

— Je n'y manquerais pas.

— Yves était un type bien. Il aimait rire aussi. Un peu comme toi. Il aimait faire des blagues. Nous avons passé de bons moments ensemble tous les deux.

— Toby était un bon chien. Jamais il n'aboyait pour rien. Il ne faisait jamais ses besoins dans l'appartement. C'était un bon compagnon à poils. Il me tenait chaud l'hiver.

— Alors nous les rejoindrons là-haut. Et nous formerons une bonne équipe, dit Jean.

— La meilleure équipe tu veux dire ! fit André avec plus de difficultés.

— André ! s'écria Jean visiblement bouleversé.

— Je sais, répondit celui-ci. Encore quelques minutes tout au plus.

Jean serra la main d'André un peu plus fort comme pour le retenir. Celui-ci se mit à sourire. Il ouvrit lentement les yeux et regarda longuement son ami. Jean avait les larmes aux yeux.

— Si nous nous étions rencontrées lorsque nous étions jeunes, je n'imagine même pas toutes les conneries que l'on aurait pu faire toi et moi, dit-il.

Jean se mit à sourire.

— J'aurai plaint nos parents.

— L'école également, répondit André en s'efforçant de sourire.

— Nous aurions été les terreurs du village.

Ils sourirent en même temps. André n'avait plus la force de rire. Il ferma les yeux. Jean scruta chaque respiration et redoutait la toute dernière.

— Tu seras parmi mes meilleurs amis, dit-il finalement. Jamais je ne te t'oublierais. J'espère que tu me garderas une place au chaud là-haut.

— Promis… furent ces derniers mots.

— André ! s'écria soudain Jean. André ! Non ! André !

Jean se jeta sur son ami. Mais la main de celui-ci tomba totalement inerte.

— André ! cria une dernière fois Jean en larmes en le serrant autant qu'il put dans ses bras.

Il resta un bon moment ainsi et remercia le ciel que personne ne vint les déranger pendant un bon moment. Jean releva la tête, la figure totalement trempée par les larmes. Il regarda le ciel par la fenêtre de la chambre. Le ciel était totalement bleu.

— C'est une belle journée pour mourir, dit-il.

Il sentit la présence du médecin à l'entrée de la chambre. Il aurait souhaité rester une éternité ainsi. Rester auprès d'André. Jean rabattit le drap sur le visage de son ami et se leva. Il s'arrêta devant le médecin.

— Vous allez pouvoir récupérer ce lit pour le suivant, dit-il avant de quitter l'hôpital.

Il marcha longuement au hasard et se retrouva finalement au parc sur le même banc. Il y resta un bon moment tout en regardant dans le vide. Puis, il se rendit ensuite à l'appartement de son ami. La seule chose qu'il récupéra ce fut la laisse de Toby. Le reste serait très certainement récupéré par la famille.

— Des rapaces, dit-il en fermant définitivement la porte de l'appartement. Ils ne sont même pas venus à sa mort.

Il savait qu'il n'y mettrait plus jamais les pieds. Jean retourna chez lui le cœur lourd. L'enterrement se passa rapidement. Il aperçut vaguement quelques membres de la famille, mais ne leur adressa pas la parole. Sauf pour l'un d'eux qui avait osé lui demander qui il était. Jean l'avait regardé droit dans les yeux et lui avait répondu haut et fort.

— J'étais ce que vous n'avez jamais été pour lui ! Un ami, son meilleur ami et sa famille !

Jean avait aussitôt tourné le dos et était parti comme si de rien n'était. Il aperçut bon nombre de jeunes plus loin. Il reconnut Lucas et son groupe. Finalement, ils étaient venus eux aussi. Il leur fit un rapide signe de la main et rentra directement chez lui pour pleurer seul une nouvelle fois.

13

Jean resta cloitré chez lui pendant plus d'une semaine, jusqu'au moment où l'on frappa à sa porte. Il se leva lentement pour ouvrir se demandant bien de qui il pouvait s'agir à cette heure-ci. Il aperçut avec étonnement un pompier qui l'observait attentivement.

— Monsieur Bizuel ? Des personnes nous ont appelés visiblement inquiètes de ne plus vous voir pendant plusieurs jours.

— Ben comme vous pouvez le constater je suis toujours en vie, répondit celui-ci en s'apprêtant à fermer la porte.

Mais le pompier la bloqua avec son pied.

— Pouvons-nous entrer pour vérifier que tout aille vraiment bien ?

— Si vous voulez, répondit Jean en se dirigeant dans le salon et en prenant place sur le canapé.

Les pompiers entrèrent lentement et observèrent l'appartement rapidement. L'un d'eux prit place en face de Jean.

— On sait que vous avez perdu votre meilleur ami récemment.

— Oui, et alors ? répondit celui-ci. Ce n'est pas le premier que je perds ! Mais je sais maintenant que ce sera le dernier. Le prochain ce sera moi. Je n'ai plus qu'à attendre. J'ai bien le droit de faire mon deuil à ma façon ! Et puis en quoi cela vous regarde d'abord ?

— Qu'entendez-vous par ce sera le dernier ami ? demanda le Pompier avec une pointe d'inquiétude tandis que l'autre semblait jeter un œil partout.

— Soyez réaliste, Monsieur le Pompier. À mon âge, tout le monde sait que je n'en ai plus pour très longtemps. Alors si je dois mourir je mourrais tout simplement. Les gens s'en foutent en général des vieux comme nous et ma famille, du moins ce qui l'en reste n'attendent que ça.

— Je dois vérifier que vous ne porterez pas atteinte à votre vie, répondit le Pompier.

— Je n'ai pas besoin de faire ça, rassurez-vous. La vie s'en charge elle-même chaque jour qui passe me rapproche inexorablement de mon destin qui est le destin de tous je vous le rappelle.

Le pompier fronça les sourcils. Il fit signe à son collègue qui prit le téléphone et sortit dans le couloir.

— Si cela ne vous dérange pas, on va appeler une ambulance pour vous conduire à l'hôpital pour vérifier que tout aille bien. Je ne suis pas sûr que vous vous mangiez correctement ces derniers temps ou que vous preniez soin de vous comme il faut.

— Quoi que je dise de toute façon, vous avez déjà pris votre décision. Même si je ne suis pas d'accord, vous me conduirez à votre hôpital de gré ou de force. Je me trompe ?

— Non, en effet, avoua celui-ci.

— Alors, nous ferons ça le plus calmement possible, dit Jean. De toute façon, une fois qu'ils en auront fini avec moi, ces maudits médecins me relâcheront et je retournerais bien tranquillement chez moi.

— Vous êtes un sage Monsieur Bizuel.

— Je suis simplement réaliste. Et pour être honnête, je n'ai pas envie de me battre. Je n'en ai plus envie.

L'ambulance ne mit pas longtemps à arriver. Jean se laissa tranquillement conduire à l'hôpital. On lui fit passer un tas d'examens et comme il l'avait prédit, on le renvoya chez lui dès le lendemain.

Le lendemain, en début d'après-midi, il prit la laisse de Toby et se rendit au parc. Il prit place sur le banc habituel et scruta les environs. Il reconnut soudain Lucas qui se dirigea aussitôt vers lui. Il prit place à ses côtés et ils restèrent un moment sans rien dire.

— André était un type bien, dit finalement Lucas. Vous nous manquez à la boîte de nuit. Ce n'est plus pareil maintenant sans vous deux.

— Il disait que tout avait un début, mais que tout avait également une fin, répondit Jean en se remémorant ses dernières paroles et en regardant droit devant lui.

— Ce sont de sages paroles. Lorsqu'on est jeune, on ne pense pas à la mort. En général on évite de la côtoyer. On l'ignore et on la rejette.

— C'est pour ça que nous les vieux, on se retrouve bien souvent seul. On nous évite comme la peste. Comme si vieillir était une maladie contagieuse. Ce que les gens oublient, c'est que, quelles que soient les origines, quelles que soient les religions, tous les humains naissent de la même façon, mais finissent également de la même façon. Ils veulent juste faire semblant que cela n'arrive qu'aux autres. Mais tôt ou tard, la réalité frappe à votre porte pour vous rappeler à l'ordre.

— Je ne regrette pas de vous avoir rencontré, dit Lucas. Même si c'est dur maintenant. Si c'était à recommencer, je le ferais sans hésitation. Je n'oublierais jamais ce que nous avons vécu ensemble avec André et vous. Ce sont des moments qui resteront à jamais gravés dans ma mémoire. Gravé jusqu'à la fin de ma vie. À moi et aux autres.

— Nous voulions simplement vivre nos derniers instants comme vous les jeunes. Nous voulions nous éclater ! Lorsque l'on vous regarde parfois, on a l'impression que rien ne peut vous atteindre. Rien ne peut vous ébranler. Nous voulions vivre comme vous, avec cette même insouciance, cette même joie de vivre.

— Et vous avez réussi. Non seulement ça, mais vous nous avez entraînés avec vous. Vous avez cassé cette barrière qui existait entre nous et les anciens. Vous nous avez prouvé que vous aussi vous pouviez vous amuser avec la même ardeur que nous. Vous nous avez prouvé que vivre sans vous, cela voulait dire passer à côté de beaucoup de choses. Ce que vous nous avez offert est bien plus beau que ce que nous aurions pu l'espérer. C'est le plus beau cadeau que vous pouviez nous faire. J'aurais aimé avoir deux grands-pères comme vous.

Lucas se leva et regarda Jean.

— On viendra vous chercher samedi. Même si André n'est plus là. On se doit d'honorer sa mémoire. Vous ne devez pas renoncer. Vous devez continuer, pour vous et pour lui. Nous avons décidé, nous les jeunes, nous le groupe des vieux de la vieille, de ne pas renoncer. On vous attendra.

Jean regarda Lucas repartir les larmes aux yeux.

— Les vieux de la vieille ne renonceront pas, dit-il. Ils se battront jusqu'au bout.

Jean se leva finalement et retourna tranquillement chez lui en tenant la laisse de Toby dans ses mains. Chaque jour qui passait, il se rendait au cimetière et parlait quelques instants à André. Il lui rapportait également la laisse de Toby.

Jean s'était rendu en boîte avec les jeunes, il avait très peu dansé ce samedi-là. Il avait été au cimetière et au parc tous les après-midi de la semaine. Il retourna au cimetière le samedi suivant pour raconter ce qu'il avait fait à André.

— Ce n'est plus pareil sans toi. Mais maintenant, j'ai toutes les jeunes filles à mes pieds. Ça fait un peu beaucoup. J'aurais préféré partager avec toi. J'espère qu'Yves est gentil avec Toby. Je ne te l'ai jamais dit, mais il avait un peu peur des chiens. Il n'a pas eu de chance, il s'est fait mordre un jour alors qu'il se promenait tranquillement. C'est sans doute pour cette raison que l'on ne t'a jamais abordé. Si on avait connu Toby, il n'aurait peut-être plus peur des chiens. C'est dommage. Tu me manques beaucoup. Nos soirées chez toi me manquent beaucoup. Tu sais, tu avais raison pour ta famille. Ils ne sont même pas venus me voir. J'en ai mouché un le jour de ton enterrement. Je pense que tu ne m'en voudras pas. Et si tu as pu en rire, j'en serais bien content. Ils ont vidé l'appartement comme tu t'y attendais, mais ils n'avaient pas l'air d'être content pour autant. Je me demande encore quel coup tu as pu leur faire te connaissant cela ne m'étonnerais vraiment pas. Je n'y suis plus retourné depuis. Mais je garde la laisse de Toby avec moi. D'ailleurs comme tu peux le voir, je l'ai actuellement. Je l'emmène partout et je me fous royalement de ce que peuvent penser les gens. Ce soir je retourne en boîte avec les jeunes. Tu sais, Lucas semble travailler très dur. Il vient d'avoir son permis du premier coup. Et bientôt il va pouvoir aller à la fac. Il vient souvent me voir et nous parlons beaucoup. J'aurais voulu avoir un petit-fils comme lui. Il a fait beaucoup de bêtise dans sa jeunesse, mais tu serais fier de lui maintenant. Comme si, il était notre petit-fils. Celui que nous aurions souhaité avoir. Bien, je vais devoir y aller. Il faut quand même que je me fasse beau pour ces demoiselles ! André… J'aimerais te rejoindre. Ma vie n'a plus aucun sens sans toi. J'aimerais que nous riions de nouveau ensemble. Tu me manques trop. Je reviendrais dès que possible. Je te le promets.

Jean quitta le cimetière et retourna chez lui. Il se prépara et sortit pour guetter la voiture de Lucas. Il eut soudain un point douloureux au niveau du cœur. Il posa automatiquement sa main droite sur celui-ci. Finalement, il se mit à sourire. Il avait parfaitement compris le message.

— Bientôt, dit-il en regardant la voiture de Lucas arriver. Je crois que cette soirée sera la toute dernière.

Jean monta tranquillement dans la voiture en continuant de sourire.

— Tout va bien ? demanda Lucas visiblement inquiet.

— Oui, répondit Jean.

La soirée allait bon train et Jean alternait piste de danse et discussion avec certains jeunes. Il avait décidé de ne boire de l'alcool qu'une seule fois. La dernière. Lucas l'observait souvent du coin de l'œil.

— Toi, se dit Jean, tu dois sentir ce qui va se passer sans pouvoir mettre de mot dessus. Mais tu ne pourras rien y faire. Ainsi va la vie. Comme le disait André tout à une fin.

Une nouvelle chanson arriva et Jean scruta la piste de danse avec étonnement. Il se leva soudainement n'en croyant pas ses yeux.

— André ? dit-il en apercevant la silhouette de celui-ci.

Celui-ci lui sourit et l'invita à danser. Jean le rejoignit en se demandant s'il n'avait pas trop bu. Il sentait cette douleur dans sa poitrine revenir à nouveau, mais ne s'en préoccupait pas pour autant. Il se mit à danser avec le fantôme d'André qui visiblement tenait même son chien blanc dans les mains par moments.

— Il crut même entendre sa voix dans ses oreilles.

— C'est pour bientôt, entendit-il.

Il dansa une bonne partie de la nuit sans presque plus s'arrêter ignorant les regards d'étonnement de la plupart des jeunes.

— Qu'est-ce qui lui arrive ? demanda Éric.

— Je ne sais pas, répondit Lucas. Sans doute que c'est sa façon d'évacuer sa peine.

Lucas le ramena tard au petit matin. Jean n'avait pas dit un mot de tout le trajet.

— Vous êtes sûr que ça va ? demanda Lucas. Vous sembliez étrange ce soir. Vous avez dansé plus que d'ordinaire.

— Ça va, ne t'en fait pas. C'est la première fois depuis qu'André n'est plus là que je m'amuse de nouveau. Je te remercie Lucas. Merci de nous avoir acceptés tels que nous sommes. Merci d'avoir continué ce bout de chemin avec nous.

— Arrêtez ! Vous me faites vraiment peur là ! s'écria soudain Lucas. Si vous voulez, je peux rester avec vous jusqu'à ce qu'il fasse jour.

— Ça ira. Ne t'en fais pas. Va plutôt te reposer. Tu vas retourner travailler la semaine prochaine.

Lorsque sa voiture disparue Jean entra chez lui, prit la laisse de Toby et ressortit aussitôt. Bien qu'il fasse encore nuit, c'était déjà le matin. Jean se dirigea vers le cimetière aussi vite qu'il le put. Bien évidemment celui-ci était encore fermé à cette heure. Jean en fit le tour et trouva finalement un passage. Il passa à travers le grillage découpé et se rendit immédiatement sur la tombe de son ami.

— Voilà, dit-il en s'asseyant sur celle-ci. Je suis venue comme tu me l'as suggéré. Je n'ai plus qu'à attendre. Mon cœur me fait de plus en plus mal. Mais ce maudit médecin m'avait prévenu l'autre jour. Et dire que je n'y croyais pas ! Cela ne te dérange pas que je m'allonge sur ta tombe. Nous serons plus proches l'un de l'autre.

Jean s'allongea sur celle-ci en tenant la laisse de Toby dans ses mains.

— Je l'ai amené, comme tu peux le voir. C'est la seule chose que ta famille n'a pas embarquée. La mienne par contre n'aura pas grand-chose à récupérer à part mes meubles. Ils vont certainement les jeter à la benne. Ils sont aussi vieux que moi. Je crois que la retraite va faire des économies maintenant. Ils vont avoir deux grabataires en moins à payer.

Jean se mit à sourire en serrant plus fort la laisse contre sa poitrine. Il fit une légère grimace de douleur. Il avait de plus en plus mal.

— Quand je pense, que c'est cette simple laisse qui a fait que notre rencontre ait lieu et fait tout ce que nous avons vécu par la suite. Je la chérirais jusqu'à mon dernier souffle. Tu sais, je crois que finalement nous allons faire beaucoup de peine autour de nous. Non seulement nous avons vécu plusieurs semaines comme eux, mais nous nous sommes fait bons nombre d'amis. Ils vont tous nous pleurer. Adieu les économies de mouchoirs. Je pense que Lucas sera le plus triste d'entre eux. Je crois même qu'au fond de lui, ce soir, il a compris. Ç'a été vraiment dur de le laisser partir en sachant que je ne le reverrais plus. Finalement, les liens du sang ne comptent pas vraiment. Il a fait partie de notre famille. Je les aime bien ces jeunes finalement. Ils me manqueront. Ils me manqueront terriblement même. Tu crois que de là-haut on pourra jeter un œil sur eux ? Qu'on pourra les protéger ?

Jean se retourna difficilement et regarda le ciel étoilé.

— Tu es parti sous un beau ciel bleu. Moi je partirais sous un beau ciel étoilé. C'est une chance. J'ai toujours aimé les étoiles. J'aurais bien voulu y aller là-haut. Juste pour voir. Finalement cette planète est belle, mais nous y sommes prisonniers. J'ai hâte de te rejoindre André. J'espère qu'on pourra s'amuser. Mieux qu'ici en tout cas. Adieux les problèmes de retraites non payés. Adieu les factures, adieux les impôts. Les caisses de retraite vont faire des économies. J'espère que là-haut l'argent n'existe pas. C'est un vrai fléau. Un fléau qui conduira sans doute le monde à sa perte. Nous ne serons plus là pour y voir. Mais je m'inquiète pour Lucas et les autres. Pour l'avenir de ce monde en péril. C'est à eux de prendre la relève maintenant. À eux de façonner ce monde du mieux qu'ils pourront. On va devoir leur souhaiter bien du courage. Ce n'est pas juste finalement. Que les jeunes doivent réparer nos erreurs. Je les remercie pour ce qu'ils nous ont offerts. Ils nous ont bien fait rire, ils nous ont permis de revivre. Nous avons eu une fin de vie heureuse, comme nous l'avions souhaitée.

Jean sourit une dernière fois. Il ferma lentement et définitivement les yeux. Son cœur s'était arrêté.

14

Le responsable du cimetière arriva en courant aux premières lueurs du matin. Il avait remarqué une masse sombre sur l'une des tombes. Mais il comprit rapidement que c'était un homme qui se trouvait là.

— Non de Dieu ! s'écria-t-il en courant vers la tombe d'André Malvau. Que fait-il ici celui-là ?

Il prit le pouls de Jean.

— Merde ! Ce type est mort !

Il composa rapidement le numéro des pompiers.

— Y a un type qui est mort sur une des tombes ! Oui, je suis le gardien du cimetière ! Non, je vous assure qu'il est bien raide. Je vous attends.

Les pompiers arrivèrent rapidement. L'un d'eux reconnut immédiatement Jean.

— Mince ! C'est Jean Bizuel ! Nous l'avions amené à l'hôpital il y a quelques jours ! Nous l'avions pris pour un fou lorsqu'il nous a assuré qu'il allait bientôt mourir !

Le pompier lui prit son pouls.

— C'est fini, dit-il. Alors cette tombe n'était pas n'importe laquelle pour lui ? demanda le Pompier.

— C'était son meilleur ami, répondit responsable du cimetière. Je l'ai vu plusieurs fois dernièrement lui tenir de grandes conversations.

— Non ! entendirent-ils soudain.

Le pompier se retourna et aperçut un jeune homme accourir. Il semblait être accompagné par ses deux parents.

— Non ! cria-t-il de nouveau en se jetant sur Jean. Pourquoi ? Je savais bien qu'il y avait quelque chose qui clochait ! Je savais bien que je n'aurais pas dû le laisser !

— Je suis désolé jeune homme, mais il n'y a plus rien à faire pour votre grand-père.

— Il savait ! continua de crier Lucas. Il savait que c'était sa dernière soirée avec nous ! Il l'avait senti ! Il nous a rien dit !

Ses parents accoururent aussi les larmes aux yeux en posant chacun une main sur le jeune homme.

— Je suis désolé, Madame, Monsieur, dit le Pompier. Je vais vous laisser un peu de temps, mais après il faudra qu'on l'emmène.

Ils acquiescèrent et se mirent chacun de leur côté auprès de Luca qui pleurait.

— Ils sont partis ! Ils sont partis tous les deux ! Maintenant ce ne sera plus pareil sans eux ! On les a perdus tous les deux ! cria Lucas en pleurant et en tombant à genoux sur le corps de Jean.

— Ils ont eu beaucoup de chance de te rencontrer Lucas, dit son père. Grâce à toi, grâce aux autres, ils ne sont pas partis seuls. Vous leur avez donné ce qui leur manquait le plus. Mon fils, je suis extrêmement fier de toi. Même si ça fait mal aujourd'hui, pense à ce que vous leur avez donné. Une famille qu'ils n'ont pas eue. Vous leur avez offert le plus beau des cadeaux.

— C'étaient mes grands-pères, répondit Lucas en prenant la main froide et dure de Jean. André et Jean, c'était mes grands-pères ! Ceux que je n'ai pas pu avoir !

— Et tu étais leur petit-fils, continua son père. Celui qu'ils avaient toujours rêvé d'avoir.

— C'était les vieux de la vieille ! cria Lucas en se levant et en reposant doucement la main de Jean. Maintenant, tu as rejoint André. J'espère que vous continuerez ensemble à faire la java. Vous nous regarderez de là-haut. Et vous serez fière de nous ! Je travaillerais dur pour que vous soyez fier ! Dans quelques années, les vieux de la vieille se seront nous.

Ses parents le prirent dans leurs bras et firent signe au Pompier qu'ils pouvaient emmener le corps.

Lucas regarda toute la scène les larmes aux yeux. Ses parents le ramenèrent ensuite chez eux.

L'enterrement se passa tranquillement. Lucas, ses parents et les autres jeunes y avaient assisté. Lucas avait dit quelques mots à l'église. Beaucoup de jeunes filles pleuraient. Lorsque Lucas jeta une poignée de terre sur le cercueil, il dit :

— À mon grand-père ! Je ne t'oublierai jamais !

Il s'apprêtait à partir lorsqu'un autre jeune homme l'interpella.

—Excusez-moi, mais je n'ai pas eu l'honneur de te connaître. Fais-tu partie de la famille ? Car je suis le petit fils de Monsieur Bizuel. Et à ma connaissance, j'étais le seul.

— Vous faites partie de sa famille ? demanda soudain Lucas en le fixant droit dans les yeux. Vous étiez où lorsqu'il est mort ? Vous étiez où, à chaque anniversaire, chaque Noël ? Lorsqu'il s'est retrouvé à l'hôpital dernièrement ?

Je jeune homme paru totalement surpris. Il s'apprêtait à répondre mais Lucas continua :

— Moi j'ai passé du temps avec lui ! J'ai dansé avec lui, j'ai ri avec lui. À ma connaissance, le seul petit-fils qu'il n'a jamais eu, c'est moi !

Lucas se retourna et partit sans même jeter un regard à ce jeune homme. Il entendit une femme s'offusquer, mais n'y prêta aucunement attention. Cela lui avait fait le plus grand bien de s'exprimer et de dire ce qu'il pensait. Il suivit ses parents qui le ramenèrent chez lui.

Lucas resta deux jours cloitré dans sa chambre. Il avait refusé de manger et restait là sans rien faire. Sa mère s'inquiétait de plus en plus. Finalement, son père vint lui rendre visite et s'assit à côté de lui.

— Tu sais, rester cloîtrer dans ta chambre ne les fera pas revenir.

— Je sais, répondit Lucas en baissant la tête. Je n'arrive pas à me faire à l'idée que je ne les reverrais plus. On a passé tellement de temps avec eux ces temps-ci. Je n'aurais jamais imaginé que les seules vacances que l'on a passées avec eux étaient les premières, mais aussi les dernières. Tu sais ça beau être des personnes d'un certain âge, mais qu'est-ce qu'on s'est marré avec eux… Je n'aurais jamais cru pouvoir rire comme ça avec des gens de leurs âges. Ils avaient tellement à nous apprendre. C'est du gâchis de laisser ces gens-là de côté. Du vrai gâchis. Tu sais comment on s'est rencontrés ?

— Non, répondit, son père content que son fils lui ouvre enfin son cœur.

Leur relation avait été conflictuelle depuis que Lucas avait fait quelques bêtises avec d'autres jeunes. C'était pour cette raison qu'ils avaient déménagée dans cette petite ville. Même si, maintenant les finances n'étaient plus ce qu'elles étaient, ils ne souhaitaient pas que leur fils tourne mal. Il n'aurait jamais cru que deux personnes âgées allaient changer le cours de leur vie. Ils n'auraient jamais cru qu'il s'attacherait autant à eux.

— J'avais perdu mon portable, et ils l'ont retrouvé. Dessus, ils sont tombés sur des photos, un peu limite…

— Ce que font une bonne partie des jeunes de votre âge d'aujourd'hui. Nous en tant que parents on ne dit rien, mais on devine. On a été jeunes nous aussi.

Lucas sourit à son père. C'était la première fois depuis longtemps qu'ils n'avaient pas pu discuter ainsi sans se quereller.

— Ils ont bien ri ce jour-là, continua Lucas en souriant. Ensuite on les a rencontrés en boîte de nuit où ils m'ont sauvé la mise deux fois. Je crois qu'ils m'ont considéré comme leur petit-fils dès ce moment-là.

— Je comprends pourquoi tu leur as sauvé la mise après, répondit son père en souriant lui aussi.

— J'ai peur papa. J'ai peur de continuer ma vie sans eux. Je me sens coupable de vivre. Eux ne sont plus là. Je n'arrive pas me faire à l'idée que je ne les reverrais plus jamais. Ce n'est pas juste.

— Ils ont vécu leur vie Lucas, ce n'est pas comme si ils avaient ton âge. Tu n'as pas à te sentir coupable. Tu dois maintenant vivre ta vie. Comme ils l'ont fait eux aussi. Tu dois te montrer fort et ne pas oublier les moments que vous avez passés ensemble.

— Je sais que je ne les reverrais plus jamais. Je ne peux pas accepter ça ! Ils me manquent ! C'est insupportable !

— Personne n'accepte de perdre un proche, et pourtant, on ne peut rien y faire. On se doit de vivre avec. On se doit continuer en les gardant toujours auprès de nous. En ne les oubliant pas. Laisse du temps. Mais ne les oublie pas. N'oublie pas ce qu'ils t'ont appris. Ce que tu as vécu avec eux. Rester dans ta chambre sans rien faire ne changera rien à tout ça. Et je ne pense pas que c'est ce qu'ils auraient souhaité. Ils avaient l'air de sacré fêtard pour des gens de leur âge.

— Tu ne crois pas si bien dire, répondit son fils. Tu les aurais vus danser sur la piste… Malgré leur âge…

— Tu peux aller les voir et leur parler. Je le faisais souvent avec mes parents. Je leur racontais beaucoup de choses. C'était ma façon à moi de les avoir toujours près de moi. Tes copains ont appelé. Ils te rappelleront tout à l'heure. Ils s'inquiètent pour toi.

— Merci papa, dit Lucas.

— Y à pas de quoi mon fils ! répondit-il en se levant.

Lucas se leva également.

— Papa ?

— Oui ?

Lucas se jeta dans ses bras. Son père le prit l'entoura de ses bras et ils restèrent un bon moment ainsi.

— Merci. Merci de m'avoir permis de vivre mes meilleurs moments avec eux.

— Oui, se dit-il. Ces deux hommes ont fait bien plus que rentrer dans la vie de mon fils. Ils nous ont rapprochées. Je ne pourrais jamais les remercier comme il se doit.

— Je vais me préparer, dit soudain Lucas en se dégageant.

Son père lui sourit à nouveau et sortit de la chambre.

Lorsque le téléphone sonna, ce fut Lucas qui répondit.

— Lucas ? dit la voix d'Éric. On était inquiet, tu ne donnais plus de nouvelles !

— J'avais besoin d'un peu de temps, répondit lentement Lucas.

— Je comprends. Tu nous rejoins au parc cet aprèm ?

— Après, je vais d'abord passer au cimetière.

— Entendu, On te rejoint là-bas, répondit Éric avant de raccrocher.

Lucas raccrocha lentement et soupira. Il avait peur. Peur de retourner au cimetière. Y aller pour lui, c'était accepter. Accepter qu'ils ne seraient plus là et qu'il ne les reverrait plus jamais. Accepter qu'il n'entendrait plus leur voix. Il ne passerait plus de temps avec eux. Il respira longuement, prit sa veste et sortit sous les regards inquiets de ses parents.

— J'espère que ça ira, dit sa mère. Ça l'a vraiment marquée cette histoire.

— Il lui faut juste un peu de temps, répondit son père.

Lucas entra lentement dans le cimetière avec deux bouquets de fleurs. Il se dirigea automatiquement sur la tombe d'André puis celle de Jean qui se trouvait juste à côté. Il regarda longuement leur photo et déposa à chacun un bouquet de fleurs.

— C'est vraiment dommage que vous soyez partis si vite tous les deux. Je suis content de vous avoir connu. J'aurais aimé que notre aventure dure beaucoup plus longtemps. J'aurais aimé vous avoir comme grand-père. Pour moi de toute façon vous étiez mes deux grands-pères. Les vieux de la vieille. On s'est bien éclaté avec vous. Je ne vous oublierai jamais et je passerais vous voir dès que je pourrais. André, je ne sais pas si je pourrais tenir ma promesse de travailler dur pour devenir avocat. Mes parents travaillent dur, mais on a toujours plus de factures à payer. Heureusement j'ai trouvé du travail pendant les prochaines vacances également, ça aidera un peu. Au fait, je me suis permis de moucher votre vrai petit-fils. Je pense que vous avez bien du rire de là-haut, car il ne s'y attendait vraiment pas. Il m'a vraiment énervé. Je n'ai pas pu me retenir. Et encore il a eu de la chance, parce que deux ou trois années auparavant, ce sont mes poings qu'il aurait connus. Mais j'ai promis. J'ai promis de ne plus faire de bêtises à mes parents. Et je crois sincèrement dans son cas, cela n'aurait servis à rien. Les idées ont la vie dure. Vous me manquez terriblement tous les deux. Vous nous manquez vraiment.

J'appréhende samedi de ne pas vous voir. Ce ne sera plus pareil. Mais je ferais des efforts pour vous et pour mes amis. On dansera pour vous.

Les autres jeunes arrivèrent en silence et posèrent chacun leur tour un petit bouquet de fleurs.

— Le club des vieux de la vieille vous salue ! fit Éric.

— J'en ai connu des vieux, fit Léo. Mais jamais des comme eux. Vous étiez unique les mecs !

Les trois jeunes gens quittèrent le cimetière en silence. Ils firent un tour au parc et prirent place sur le banc habituel d'André et de Jean. Ils se remémorèrent les meilleurs moments passés avec André et Jean. Ils rirent et pleurèrent en même temps. Chacun rentra chez soi en début de soirée. Lorsque Lucas passa la porte d'entrée, il fut étonné de voir un homme en costume assis dans le salon avec ses parents.

— Lucas ! On t'attendait justement ! lui dit son père. Je te présente Monsieur Juver qui est Notaire. Il souhaite te rencontrer personnellement. Cela fait plusieurs jours qu'il te recherche. Il n'avait pas notre adresse.

— Un Notaire ? demanda Lucas en entrant dans le salon avec ses parents et en serrant la main à cet homme.

— Je suis venue vous remettre un courrier. Monsieur Malvau vous a désigné comme seul héritier de toute sa fortune monétaire, puisque vous avez eu l'amabilité de vous occuper de lui le temps qu'il lui restait à vivre.

— Comment ça le temps qu'il lui restait à vivre ? demanda Lucas visiblement bouleversé.

— Oui, Monsieur Malvau était en sursis depuis deux ans et il le savait. Il est venue il y a quelque temps pour définir ses dernières volontés. Il vous a légué toute sa fortune financière afin que vous puissiez payer vos études. Enfin c'est ce qu'il m'a dit.

Le notaire lui tendit une enveloppe.

— Je vous attends dès que possible au cabinet pour les formalités d'usage. Je devais vous remettre ceci en mains propres. C'était ses dernières volontés.

— Merci, répondit Lucas encore plus bouleversé. Il ne s'attendait pas à ça et ne savait pas quoi dire ni quoi faire.

— Il vous considérait comme son petit-fils. Il me parlait de vous pendant que je tapais ses dernières volontés.

Vous aurez assez d'argent pour vos études jeune homme. N'ayez crainte. Il avait mis suffisamment de côté pendant des années.

— Mais sa vraie famille ? demanda Lucas se souvenant de ce jeune garçon.

— Il leur a légué tous ses meubles et son appartement. Ils n'ont pas été déshérités si c'est ce qui vous inquiète. Aux yeux de la loi, c'est tout à fait légal.

Lucas ne put s'empêcher de rire. Il se souvenait d'une de leurs conversations qu'ils avaient eue avec André.

— Sur-ce, je vous laisse et je vous dis à bientôt, dit le Notaire en lui serrant une nouvelle fois la main et en sortant.

Lucas regarda ses parents totalement ébahis.

— Ben, ouvre la lettre ? dit son père.

Ils firent de gros yeux à la lecture de celle-ci. André lui avait laissé toute sa fortune pécuniaire. Soit plus de cinquante mille euros. Il ne put retenir ses larmes. André lui permettait de réaliser son rêve. Il lui permettait de changer de vie. Mais surtout de l'avoir en quelque sorte chaque jour auprès de lui. Chaque jour qu'il étudierait ce serait grâce à lui.

Lucas retourna en boîte de nuit avec ses amis le samedi suivant. Ils restèrent un bon moment attablé à une table en regardant les deux sièges vides. Curieusement personne ne prit ces deux places. L'ambiance semblait morose ce soir-là. Personnes n'avaient vraiment le cœur de danser ou de rire.

— Je crois qu'on va y aller finalement, dit Éric. Je n'ai pas le cœur à danser ce soir. Je ne sais pas pourquoi, mais je n'y arrive pas.

— Moi non plus, dit Léo. On n'aurait peut-être pas dû venir. C'était encore trop tôt. J'aurais voulu faire une dernière dans avec eux. Une toute dernière.

— Attendez ! cria soudain Lucas en regardant le centre de la piste. Regardez !

— Merde alors ! fit Léo en regardant dans la même direction que Lucas.

Éric tourna la tête lui aussi et les aperçut.

— Vous voyez ce que je vois ?

L'ombre de Jean et d'André les invitait à danser. Ils se regardèrent un moment totalement incrédules puis se joignirent à eux et se mirent à danser comme ils ne l'avaient jamais fait auparavant. Ils dansèrent pendant plusieurs heures ainsi jusqu'au petit matin.

Au bout d'un moment, Jean et André leur firent un signe au revoir avec leurs mains. Tous répondirent par un signe de la main ignorant les regards interrogateurs des autres personnes qui ne semblaient pas comprendre ce qui était en train de se passer. André et Jean disparurent petit à petit sous un léger reflet de lumière. Ils eurent les larmes aux yeux, mais ils étaient heureux. Ils avaient dansé avec les vieux de la vieille pour la toute dernière fois de leur vie.

Fin

sarah-lyne.ishikawa@laposte.net

REMERCIEMENTS

Je tenais à remercier mes filles pour leurs soutiens et désolé pour la boîte de mouchoirs qui y est passé…

Du même auteur :

<u>Shonen ai</u> :
Shûji, le laboratoire du docteur Logan.
Lié à un yakuza
Entre les bras d'un tueur
Au bout du chemin
Retour à la vie
Deuxième chance
Prisonnier de ton cœur
Tu seras mien !
Je vous réveillerai
Par amour…
Chevauchées sauvages
Cœur de tempête
L'ombre de l'amour
Une bouteille dans le ciel
Amour sauvage

<u>Autres genres</u> :

Hikaru : Fantastique

Humain Yvan : Science-fiction

L'Empire des dragons : Fantasy

Le bal des lucioles : Drame, Fantastique, SF

Notre dernier galop : Drame, Chevaux

Toshio, Le dernier Samouraï Meiji : Fantasy, Féodal Japon

Yagyu, Le premier Samouraï : Fantasy, Féodal Japon

L'Écume bleue, partie 1 : Fantasy

Jûzen, le guerrier maudit : Fantasy, Féodal Japon

L'indomptable Aya : Fantasy Féodal, Japon